我們叫它粉靈豆

Frindle

安德魯・克萊門斯❶

我們叫它粉靈豆

Frindle

文◎安德魯・克萊門斯
Andrew Clements
譯◎王心瑩　圖◎唐唐

遠流出版公司

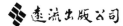

名家誠摯推薦・校園熱情讚譽

史英／人本教育基金會董事長

李偉文／作家

林文寶／台東大學兒童文學研究所榮譽教授

林良／兒童文學作家

林玫伶／清華大學教育學院客座助理教授

柯倩華／兒童文學評論家

凌拂／知名作家・校園共讀推動者

張子樟／前台東大學兒童文學研究所所長

張永欽／台北市教育局聘任督學

陳佩正／前台北教育大學副教授

曹麗珍／國小退休校長

曾志朗／中央研究院院士

黃瀞慧／前台北市興華國小教師

楊茂秀／兒童哲學教授

趙自強／如果兒童劇團團長

鄭石岩／知名作家・教育學家

蔡淑媖／牙牙親子讀書會創辦人

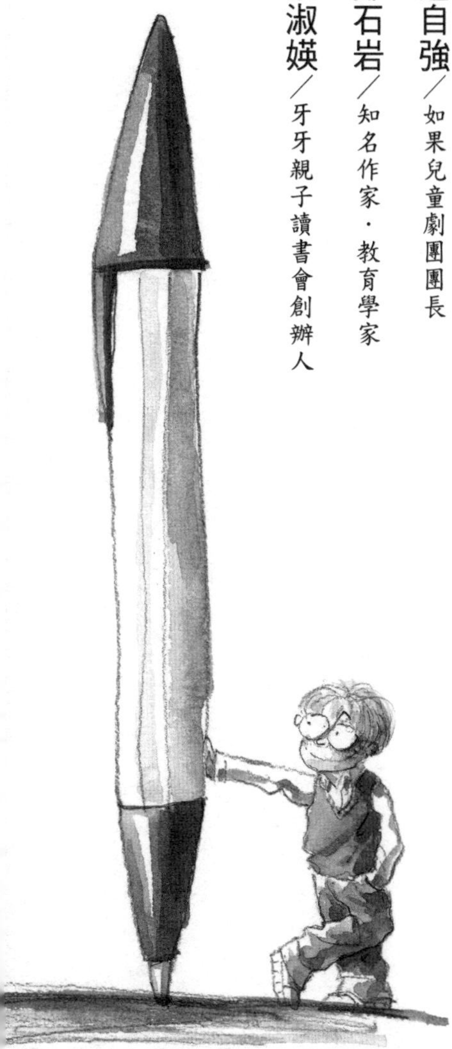

【導讀一】

嘉年華式狂歡之餘

前台東大學兒文所所長
張子樟

「校園故事」（school stories）是青少年文學重要的類型之一。校園是青少年成長階段學習團體生活的大本營。知識的累積、品德的陶冶、倫理觀念的形塑都有賴於孩子在校園裡與師長同儕的互動。「校園故事」之所以深受青少年喜愛，主要是因為這些故事貼近他們實際的生活，充分展露了他們的喜怒哀樂，同時藉由他們的一舉一動，使得師長與家長確實體認孩子真正的想法。安德魯・克萊門斯的校園系列故事以幽默的筆法觸及了孩子的內心世界，作品一直高踞在暢銷書排行榜上，主要是因為他的作品節奏明快、情節合理與溫馨感人的結尾。

克萊門斯的三本書各有主題，但都是繞著教育孩子這個重大的課題打轉。《我們叫它粉靈豆— Frindle》（*Frindle*）談的是面對有創意的學生，任課老師和學校當局是要積極鼓勵，還是一味壓制；《不要講話》（*No Talking*）中的大衛和琳西帶頭玩閉嘴遊戲，驚動師長父母，一時也不知如何料理這一群從聒噪者變成寡言的頑童。《成績單》（*The Report Card*）暴露了學校裡成績評估的盲點、同儕的不必要壓力，「天生我才必有用」的說法並不適用於像諾拉這等智商的女孩。

這三本作品表面上似乎在於暴露校園師生對立不安的局面，但實際上，作者是在為校園裡一些長久以來未能解決的共同難題尋找最合理的答案。三本書與其說是孩子與大人對抗的濃縮版，還不如說是孩子對大人設定的規定質疑。他以詼諧幽默的手法，把原本很嚴肅的師生困境，輕描淡寫地化解了。作品深具教育意義，但趣味盎然。小讀者邊讀邊笑，不知不覺中也被作者的說法給說服了。最難能可貴的是，文字嘻皮笑臉，調侃逗趣，但背後一本正經，談的都是當前教育界無法逃避的問題。

作者逃開了說教者的身分，使得作品維持了應有的文學性。正如許多的作品一樣，作者在作品中先給自己製造了不少問題，但同時也得為這些安排懸疑成分的問題找到最好的答案。以《不要講話》為例，學生決定兩天上課期間不講話，而音樂、語言與閱讀、自然這些需要學生大量回應參與的課怎麼辦？作者必須替自己製造的問題找到最令人信服的答案。這方面作者並沒讓大小讀者失望。自然課被問到的學生用限定的三個字分段回答。音樂課則遵照老師的要求，唱せせせ，跟著節拍一起拍手，通過考驗。語言與閱讀課的波頓先生只要求他們說三個字來編造故事。這些合情合理的解決問題方式使得故事進展更順暢，更能激起讀者續讀的念頭。

三本作品表達的方式雖略有不同，但主旨卻在挖掘學校裡早已存在、缺少深入探討的問題。作者在《我們叫它粉靈豆—Frindle》與《不要講話》中，突顯孩童的嬉戲本質，熱烈參與創造新字及暫停講話遊戲。他們不怕受罰，以嘉年華式的狂歡心態，一起享受美妙的童年歲月，嘻嘻哈哈，終生難忘這段奇妙經驗。《成績單》主題比較嚴肅，觸碰的是比前面兩本書更為棘手的問題，少有歡樂的描繪。書中主角面對分數壓力的抉擇經過，應該會讓天下所有的父母感到心痛、相關的教育工作人員自省一番。

作者不刻意說教，但在書寫中還是流露了他對某些觀點的堅持。《不要講話》中校長對管教學生的基本態度是：「這些孩子必須要學會，在該安靜的時候安靜，該講話的時候講話，該參與的時候參與。」這些話是傳統制式的說法。然而，學生心甘情願執行「不要講話」的規定，以及老師、校長預料之外的反應，使得這本書樂趣橫生。讀者在這些樂趣中，會領略到「顛覆」的美好滋味。

在《我們叫它粉靈豆—Frindle》結尾處出現了一封葛蘭潔老師十年前寫的信，要求尼克去思考世界改變的種種，但她特別強調任何事物的存在都有其道理：「雖然有許多事情慢慢變得不合時宜，但這麼多年來，『文字』始終非常重要。每個人都需要用到文字，我們用文字來思考、書寫、作夢、盼望和祈禱……」短短的幾句話點出了文字的永恆價值。諾拉在《成績單》結尾處，面對校長、專家與父母，講出了她對以成績評分標準來認定學生是否聰明的看法，同時還表示她寧可與一般生在一起，不願轉到資優班的想法，當場得到父母的贊同，故事有了比較圓滿的結局。

校園故事俯拾即是，但要寫得有深度，讓讀者細讀之後，再三思考，卻是對作家的一種嚴苛考驗。克萊門斯在這三本作品裡展現了他的寫作功力。一般人都認為孩子愛講話是天性，男孩與女孩的競爭是孩子最熱中的遊戲，他巧妙地把這二者併在一起。他的情節設計看不出有故意鋪陳之嫌，原創性高。他形塑甚佳的角色經常遭遇到社會現實，同時難免觸及深奧的學術理論，但他筆下呈現的依然十分有趣、自然可親。有人說，最優秀的童書作家能不著痕跡地把不同的寫作方式巧妙地放入小說敘述。克萊門斯的確做到了。

【導讀二】

一張門票，進入孩子喜好的世界

兒童哲學教授
楊茂秀

〈安德魯・克萊門斯〉系列作品，讓我覺得很像在做一連串教育的思考實驗。教育學家杜威博士曾說：「教育其實是一連串不斷的實驗。」他更主張學校其實是社會的一個重要部分，學校本身就是一個社會。這系列作品則將學校的文化，特別是以學生為主體的學校文化，透過小說的方式呈現給我們。

看著他們的故事，我們就好像戴著面具走進學校裡和他們一起生活。人類學家主張戴面具是為了方便說真話。可是，人其實沒有一刻不是戴著面具的，當人戴著這些面具的時候，常常是在說假話；為了說真話，就得再戴上一張面具，這是很有趣的文化現象。這三本書則是將這些面具都剝下來，讓成人世界和孩童的學校世界，在真真假假眾面具之間，在思考與現實、行為與思維、規範與知識、情欲等等這些重要的概念之間，形成各種超現實的戲劇。但為了了解這些戲劇，我們常常陷入教育的困境之中。

這系列作品，我相信小孩讀起來，會是一個接一個快樂的連續。而成人對這些其實是陌生的，雖然他們自己小時候也曾有過這樣的快樂，可是當他們變成成人、變成老師、變成父母、變成陪伴孩子成長的大人時，從前的經驗老早就被壓到下意識裡面去了。但這些書會將這些感受撩撥起來，不僅重新讓你體驗一次學校的童年生活，也進而能更了解孩子。

《我們叫它粉靈豆──Frindle》這本書，呈現了學校的一種兒童文化，讓尼克這個小孩從眾小孩中突顯出來。從另一方面看來，每一個小孩只要你注意看他，對他夠關心，他都是一個尼克。書中尼克的行為，是在學校裡作實驗，例如他曾將美國北方寒冬裡的一個教室，一步步變成了熱帶的教室，進行一趟「南洋之旅」。他是在教室裡營造了戲劇，而這樣的事之後還不斷地發生。這個故事其實是把教室當成了一個劇場，裡面的導演、演員、場景、劇本，全部都由兒童去主導，於是成人文化在這裡失去了權威。你在此會看到孩子活潑的心思，以及令人隨時都要瞠目結舌的美妙，他們甚至於可以參與學校的改造。我還在這本書中看到了作者對於美國教育現況的尖銳批評，但他卻以兒童的觀點，提供各種改變的藍圖和細節。這是很值得台灣教育界深入思考的一部教育小說。

當我看到《不要講話》時，我看到這翻譯的書名一陣爆笑。因

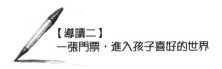

為我記得一九八三年卡內基基金會發表一篇教育白皮書，評論並警告當時美國教育的落後，因而引起美國教育界認真的反省。當時有考察團來台灣觀摩，看教師在教室裡的運作狀況，他們發現有老師分組教學，每六個小孩一組。當一切的動作都準備好之後，老師說：「各位小朋友，現在開始討論。大家好好討論，不要講話。」翻譯將這段話譯給觀察的教授聽，那位教授是我的朋友，他低聲問我：「怎麼可能？不講話要討論，他們是禪宗嗎？」我告訴他：「其實是翻譯翻錯了，他是說不要吵鬧，不是不要講話。」

其實孩子很多的講話，會被大人認為是吵鬧，而這部小說用這樣一個思考實驗，叫做「不說話的實驗」，來將學校裡言談的文化、思考的方式，以及各種語言現象，做出紙面的劇場，值得我們去觀賞。我相信在這觀賞的過程中，會帶給成人很大的快樂，而如

果針對教養的觀念繼續深思下去，則會產生讓人微笑很久的效果。

《成績單》這本書談的又是另外一個教育實驗。它是把教育機構的評量制度拿來細細地剖析，但他所用的語言是文學的，使你讀起來不會覺得那麼無趣、那麼道學、那麼充滿升學升等的沉重壓力。它讓成人誠實地面對教育非常基本的任務，也提供了哲學思考的條件。

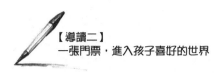

我前面說過這系列作品讓小孩讀了一定是樂不可支，但我更看重它讓任何陪孩子成長的成人，像是學校的老師、小孩、家長、雜貨店店員、公車司機、學校外面賣東西給小孩的攤販、護士、出版社編輯等這些人真正能夠深刻反省的價值，讓這些人藉此找到參與孩子的方式，並了解孩子該有的智巧。

讀完這三本書，我把燈關掉，坐在太平洋的海風裡，望著天空，心想：「什麼時候，在我們的文化裡才能長出這種好看又能助人反省，就如同在黑夜裡看見星星、看見月亮這般給人希望又能令人安睡的書。」

【推薦一】

你是否曾說過：「不要講話，好好討論！」

李偉文 作家

大人看一本為孩子而寫的書，通常會以一種審視的角度來評論：「嗯！還不錯，寓意清楚。」或者說：「故事滿有趣的，邏輯合理！」但是真要吸引大人迫不及待地一直看下去，這樣的童書（或少年小說）就非常少見了。安德魯・克萊門斯這三本小說居然本本都令人著迷，故事合情合理卻又充滿戲劇性，幽默爆笑卻又引人深思，故事中的每個人都有自己的個性與立場，雖然屢有衝突卻又體貼溫暖令人感動。這系列小說，將是課堂上老師與學生共同討

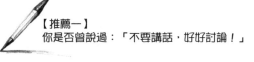

論，或在家裡父母與孩子一起分享的溫馨時光。

我相信孩子從書裡面可以感受與學習到彼此體貼的同理心，這是當代孩子最欠缺的，因為他們少了與街坊鄰居的大小孩子們打打鬧鬧一同成長時無形中可以學到的人際關係。至於對大人而言，這系列的每一本小說，每一個衝突與情節，都是一面又一面的鏡子，映照出我們在日常生活中未曾察覺的矛盾。

不管是《我們叫它粉靈豆──Frindle》或是《不要講話》，都一再讓我們思考到語言與溝通的本質，對於正在轉變成大人的孩子而言，他們正是透過這些工具探索成人的世界與思維，相對的，大人通常卻因為習以為常而忽略了文字、語言的力量與創造性。

同時，大人說的與真正想的或做的往往不一樣，當校長每天拿著擴音器大喊：「我不希望聽到五年級再發出一丁點聲音！」可是一旦這個願望成真了，大家都不再講話，保持安靜，老師們反而抓狂了！

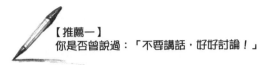

激怒大人其實是很容易的，因為大人不喜歡古怪的事情，大人更討厭事情沒有他的允許就發生，即使孩子們做的事情沒有錯，只要會造成不方便大人管理（那種制式與效率化的管理），通常就被視為挑釁與冒犯！而且大人也不喜歡孩子問理由，不信的話，只要有個孩子連續追問大人三次「為什麼？」，通常大人就會因為回答不出來而惱羞成怒，變成大怪獸！

如果仔細檢視我們與孩子的日常對話與互動，會發現自己常說一些很可笑的話。有一次，有位教授去參觀一個老師的教學示範，只見那個老師將學生分好組別後，大聲宣佈：「不要講話，好好討論！」這位教授忍不住問那位老師說：「你要他們不要講話，那他們怎麼討論呢？」

我相信很多人在看安德魯這系列小說時，一定一下子捧腹大笑，可是一下子卻又眼眶泛紅，因為不管是那位不苟言笑嚴厲的英文老師，或是那位不是大怪獸的校長，都各自以他們的方法去對待孩子，也由於他們的愛，真正的愛，所以才能令人低迴再三，感動不已。

【推薦二】校園故事的最佳典範

國小退休校長 曹麗珍

美國暢銷作家安德魯・克萊門斯為兒童及青少年撰寫過許多圖畫書及小說，其核心議題都聚焦在教育與學習層面。《我們叫它粉靈豆—Frindle》、《不要講話》及《成績單》三本書在美國本土出版以來，佳評不斷，獲獎無數，堪稱是校園故事的最佳典範。遠流出版公司將這些作品引介給台灣地區的家長、學生以及關心教育的人士，很榮幸能先睹為快。

《我們叫它粉靈豆—Frindle》一書充滿劇情張力及創意，將師生之間互動的精采過程，運用流暢的文字娓娓道來。葛蘭潔老師是五年級學生最敬畏的英文老師，對於理解與運用字典的尊崇與狂熱，始終是她三十五年教學生涯課程的重點，直到她遇到尼克這古靈精怪的學生後，師生間產生的衝突，愈演愈烈。這事件轟動全鎮，甚至躍上全國新聞版面。葛蘭潔老師的教學遇上史無前例的難題，她該如何面對向她挑戰的學生？而學校又要如何面對無法控制的局面？家長應如何指導當下的孩子？這正是考驗三方的時刻。一位要求文字精準的語文教師與極具創意的學生間的鬥智過程，堪稱是因材施教的最佳範例。故事結局很具創意、更是感人！

《不要講話》是在述說雷克頓小學五年級的男女學生，因彼此互批「長舌」，賭氣約定每位同學兩天內都不能說話，只准在應答師長時以低於三個字做回答，超過的字數將被記點，最後被記點多的一方就輸了。在原本鬧哄哄的校園裡，突然間失去了熟悉的聲音

與舉動，這樣奇怪的事令師長質疑並想一究原因。在這無時無刻都需要口語表達的生活中，孩子們如何才能完成使命呢？而且他們彼此發誓不能說出約定，想通過老師或父母這關也很難。因此這兩天內發生在親師、師師、師生之間的趣事與衝突不斷上演，也讓人領會了青春期兩性議題存在於學校的事實。作者透過有趣的對話與耐人尋味的結果，展現了深厚的功力。同樣的故事創意與閱讀樂趣，也展現在《成績單》一書上。

這系列作品以符合國情的口吻及流暢表達的文字，令人閱讀起來輕鬆愉悅。作者將這些小學生的行為舉措點點滴滴鮮活呈現，生活化且緊扣人心。書中古靈精怪的學生角色、老師與校長的教育觀、家長們的教育態度、充滿劇情張力的鋪陳方式，以及令人感動的結局，都很值得適齡學生、家長及教育工作者用心閱讀！

【推薦三】

另一種眼光

前台北市興華國小教師 黃瀞慧

「老師，紅加藍變紫！」孩子走出美勞教室，在走廊遇見剛上完其他課的我，嘴角揚起一道弧線，眼珠子水亮亮的，快速告訴我他的發現。我看到他手裡拎著美勞用具，懷裡揣著一顆球，想來他急著想下操場跟同學ＰＫ，便不再多說什麼，只對他微微一笑，算是對他分享一件新鮮事的回報。

學校裡的新鮮事可不少，每個孩子在學校中所發生的事，細說從頭連綴起來都是獨一無二的精采故事。當我打開電子郵件，將美國暢銷作家安德魯．克萊門斯的《我們叫它粉靈豆—Frindle》、

《不要講話》、《成績單》三本書的簡介看完，就可以預期這三本小說精采的內容，好想先睹為快。而好幾個晚上，拿起即將出版的稿子一看再看，時而望文輕嘆，時而縱聲大笑，吸引家人也忍不住湊過來一塊兒展書閱讀。我們一致的看法是：作者怎麼把小學校園的故事描寫得如此活靈活現，不僅情節的鋪陳溫馨幽默，角色的刻劃更是寫實生動。難怪《紐約時報》書評盛讚安德魯·克萊門斯先生建立了校園故事的最佳典範。

在教改十年的今天，遠流出版這一系列的小說，可預見他將廣泛影響大人和小孩不斷地深入思考和討論有關「創造性的思考」、「語言文字的力量」等語文問題，以及「考試與分數」、「品格與競爭力」等教育相關議題。

以一位小學教師的眼光來看，這些發生在校園裡的故事，傳遞了教師教學藝術化的概念，也陪伴孩子喜悅成長，像是書中的葛蘭潔老師、波頓老師、霞特校長一樣。

很多時候，教師與學生像是在學校進行一場生命的神秘交換，也許是交換知識，也許是交換態度，也許交換的是情緒。

當葛蘭潔老師決定扮演尼克「Frindle」事件中的反派角色，霞特校長拿起擴音器對著大衛咆哮，我看到教師角色的難為，有時他們已經盡了許多力，但似乎無法立即看到預期的效果。

當波頓老師認為這「不要講話」的比賽對他來說「好像是一個千載難逢，一輩子只能碰到一次的機會，可以在語言、文字與溝通方式間穿梭游移，去嘗試全新的、特別的方法」。在這個正面積極的想法的前提下，他巧妙運用三個字的規則，成功上完生動有趣、充滿創造力的一堂課。這提醒了我：每次發生在教室裡的事件，都是教學的好材料，和孩子本身相關的事件都是最佳題材，端看老師能否慧眼獨具、慧心巧妙地把握師生靈感交接的吉光片羽。

這三本書從孩子的角度出發，可以讓當老師的人激勵自己做更好的老師。就如同我也想和葛蘭潔老師一樣留一封信給我在走廊上遇見的那個孩子，告訴他：「孩子，老師為你高興，你是『發現』而不是『知道』紅加藍會變紫，將來你也可能發現生活與學習除了公式與技術之外，還有藝術與文學。那麼，有一天你也可能會發現紅加藍可能是黃，可能是黑，也可能是白。」就像讀這一系列書，一讀二讀三讀，可能都會有不同的發現。

【推薦四】

有趣又具教育意義的書

教育學家 鄭石岩

安德魯・克萊門斯這系列校園故事，不但文學價值高，引人回憶童趣，省思成長的過程，更是難得的教育名著。

這系列作品以故事的方式，娓娓道出每個人似曾相識的童年往事，把一個個校園軼事，串成活潑和發人深省的小說。在閱讀之中，峰迴路轉的每一件事，都能扣人心弦、再現童心，甚至連校園中的景致氣氛，都歷歷如繪，浮現在腦際。而我就是在陶醉的心境中，賞閱了這些美好的故事。

這些故事時而白描校園情景；時而披露兒童的心思、天真和無邪；時而陳述老師的震驚、愛心和不知所措。書中到處洋溢著師生之間的鬥智，更看得出不同角色之間，互相了解、同理和學習的磨合過程。

校園是童年的舞台，作者讓這個實境變得生動活潑。你看到兒童的調皮，也看到天真、創意和友愛。你看到了教師的堅持和錯愕，也看到因勢利導的溫柔。書中揭示了一個教育真諦：教導是在師生互動之中切磋出來的。

這個系列對於學校的老師和校長，都具有啟發性。最主要的是它讓大人了解兒童的想法和行為方式。它讓家長知道兒童在學校裡如果有了「狀況」，應用較大的視野去做引導和啟發，就能產生全新的結果。當然，我相信督學和行政人員也能在這些作品中，得到更多的「教育嗅覺」，提升解決校園問題的技巧。

成人和兒童是兩個不同的心靈世界，童年的純真、好奇、喜樂和稚情，推動著他們展開新探索，憧憬美好的新世界。童心往往不拘泥於現實，常與現實牴觸，但它正是人類改變現實困境，以及發展創意的潛伏力量。成人的心境則正好相反，他們學會面對現實，對於牴觸現實的想法和行動，往往會壓抑下來。於是，教導者必須了解童心，兒童也必須學著適應現實。這一系列作品，均以活潑多趣的筆觸表現出這個真諦。

此外我要建議一般讀者，你可以像我一樣，把它當作心靈點心。在忙碌的生活中，抽點小空閱讀，不但能回味活潑有趣的童年，更重要的是，當你的童年記憶被書中的情節活化時，會變得開心起來。童年往事的活化，不只是帶你懷舊，更會讓童年的喜樂和創意，在身心中復甦。

【推薦四】
有趣又具教育意義的書

這是一套有價值的書，不只適合父母和教師，更適合每一個年齡層的讀者。它不但博你莞爾，更重要的是，它能活化你的童年，使你從中得到省發。

【推薦五】

佳評如潮：更多名家熱情推薦

寫給兒童看的書，不是為了教訓兒童，而是為了引起他們的注意力和好奇心。〈安德魯・克萊門斯〉系列的校園小說，不但能引起注意力和好奇心，必然更會引發讀者的強烈感受和熱烈討論。因為，他的故事直指核心，精妙絕倫，尤其是呈現出一片創意十足與浩浩蕩蕩的藍海。讀畢不禁令人拍案驚奇，直叫：「眾裡尋他千百度，驀然回首，那人卻在燈火闌珊處。」

——台東大學兒童文學研究所榮譽教授　林文寶

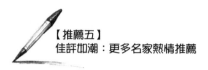

【推薦五】
佳評如潮：更多名家熱情推薦

描寫上課下課、以學校生活為題材的校園小說，閱讀起來一定很沉悶乏味。但是〈安德魯・克萊門斯〉系列的校園小說，卻能讓你讀得由莞爾而陷入沉思，由發笑而熱淚盈眶。他把深刻的教育論題，寫成一本本又好看又有內容的感人故事，真是難得。

——兒童文學作家 **林良**

我必須承認，這是我讀過最棒的校園小說，一翻開書，就難以罷手。

故事節奏快，奇妙而合理，絕無冷場。作者的筆調幽默，故事裡的角色言談舉止掌握了戲而不謔的分寸，充滿令人愉悅的高度趣味。故事取材來自校園，在僵化的教育制度與教學現場下，學生們以無比的能量和數不清的創意展開遊戲式的挑戰，團體的互動火花一路擦撞，峰迴路轉，閱讀樂趣在此不言而喻。

夾藏在趣味中的，更是作者精心設計的議題，包括文字、語言、分數的意義等等，不但使人驚奇，更叫人開始認真思考。

——清華大學教育學院客座助理教授　林玫伶

真正一流的兒童校園小說！聰明、幽默、驚奇連連，不斷挑戰讀者的想像力！克萊門斯藉由文字、語言、分數等議題，機智而犀利的探討「教育」的本質。他筆下的兒童，像一群足智多謀、併肩作戰的大冒險家，在校園裡發明各種思想的實驗、遊戲、革命，使學校生活既刺激又好玩，使學生、老師、家長都激發出意想不到的可能性，令人敬佩！

——兒童文學評論家　柯倩華

只要是孩子，大概沒有人沒有過類似像《我們叫它粉靈豆—Frindle》這樣的疑惑；只要是教師，大概沒有人沒有對孩子說過《不要講話》這樣的情境；只要是父母，大概沒有人面對孩子的《成績單》臉沒有綠過。此系列校園故事，深邃而靈動地寫活了箇中情境，如此尋常，可是如此深刻，令人驚讚又嘆息！

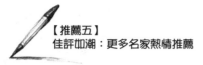

人一長大就忘了許多事，尤其忘了自己也曾經是個孩子。克萊門斯可以如此活靈活現地展現出此一系列故事，一定是因為他一直是個帶著孩童眼長大的成人，他是個一直抱著孩童的靈魂成長的純熟大人。

——知名作家．校園共讀推動者 凌拂

這系列作品描寫了師生間的對話、孩子們的想法與作法等情節，都能帶給老師、父母和孩子許多啟示。例如孩子可以在《我們叫它粉靈豆—Frindle》中，學習尼克如何勇於面對問題、堅持理念、解決問題，提供他們一些克服困難的方法；老師們可以在《不要講話》中，學習如何支持孩子、協助孩子去面對問題；或是參考《成績單》中的成人如何面對和引導獨特的孩子，讓他的優勢智慧可以獲得成長。

透過本書作者的巧妙安排，可讓讀者獲得心領神會的滿足，就請讀者慢慢來品味吧！

——台北市教育局聘任督學 張永欽

好恨！我在求學階段想抗拒學習的各種策略居然被作者先寫走了。好開心！因為作者的文筆遠遠超越我的禿筆所能表達的境界。

這系列三本書都在說明美國教育現場某些錯誤政策因正確執行而衍生出的問題。確實，學校教育早期的權威管教模式，在現在的民主時代，似乎該轉個彎了！學生走進學校絕對不是一張空白的紙張，等候老師在他們的大腦中書寫一些該學習的知識和技能。相對的，老師如果能夠展開雙手熱烈擁抱這些學生的創意和觀點，將有希望形成學生、行政人員、老師和家長都是贏家的局面。

——前台北教育大學副教授 **陳佩正**

如果你想重溫童年學校生活的各項遭遇，那你應該仔細閱讀安德魯・克萊門斯這一系列為兒童所創作的圖畫書和青少年小說。雖然他所敘述的故事和描繪的學校場景是在美國，卻放諸四海皆通。因為無論在哪個國家、哪個城鎮，只要有學校，就有課程、課業、

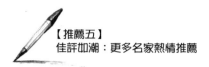

考評、活動、能力指標、同學、師長、校長、家長會等交織而成的學業成長故事，而且大家所關心的壓力源都差不多！

這一系列書的好，就好在所有的故事都讓人有真實感，而且字裡行間不停呈現人性的善良面；同時，也把教育就是生活，生活可以產生積極創意的文明表現出來，而我們要學會去體會那份心靈的美感。老師們、家長們，帶著孩子享受這一系列的故事吧！

——中央研究院院士 **曾志朗**

其實，想像力並不一定要靠魔法師和噴火龍，〈安德魯·克萊門斯〉系列證明了這件事。

克萊門斯怎麼能夠把少年的生活寫得這麼有趣？不管是在文字和畫面上，都讓讀者感覺到既好玩又有認同感。「妙極了！」這是我給這故事的評價；演出來，是我對這個故事的期待。

——如果兒童劇團團長　趙自強

校園故事很多，說這類故事的人也不少，但是，能夠說得如此令我沉浸其中，翻開書非一口氣看完不可的人，到目前為止只有安德魯·克萊門斯。

克萊門斯真是會說故事，那生動流暢的敘述方式，讓讀者倏忽間便置身於故事情境裡、混雜在角色中，參與所發生的一切。而讀者會這麼不經意的被拉入故事裡，是因為他故事中的每個事件都那麼的吸引人，那些議題，深深勾引大人或小孩的興趣，使人按捺不住想要加入戰局，即使在闔上書的那一刻，還意猶未盡地回味著整個過程呢！

——牙牙親子讀書會創辦人　蔡淑媖

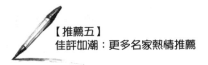

我們叫它粉靈豆 Frindle

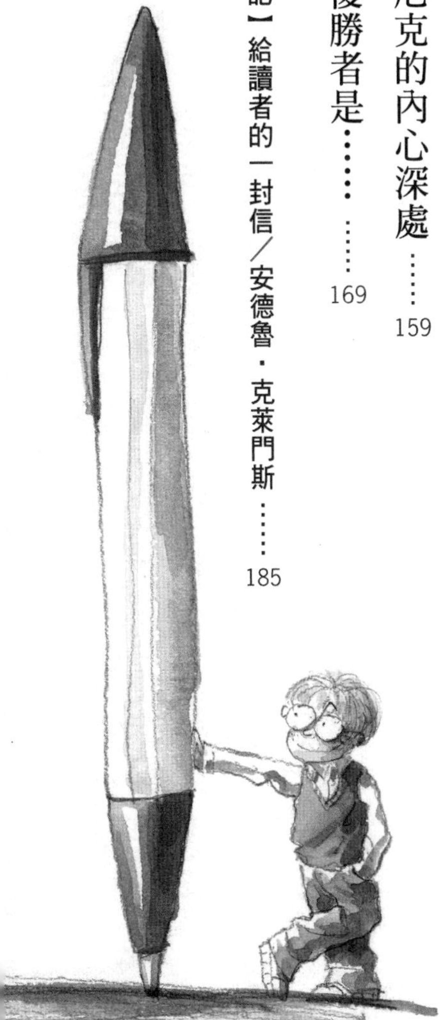

1 尼克登場

如果你跑去找林肯小學的學生和老師，請他們列出學校三大之「最」：全校最壞的學生、全校最聰明的學生以及全校最乖的學生，你在這裡八成找不到「尼克・艾倫」的名字。尼克自成一格，這是大家都知道的。

尼克很會惹麻煩嗎？這很難三言兩語說清楚。不過有一件事倒是毋庸置疑：尼克・艾倫有一大堆鬼點子，而且不是想想就算了，他總有辦法付諸行動。

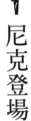

例如尼克念三年級的時候，有一次，他打算將他們班的教室變成一個熱帶小島。他們可是住在寒冷的美國東北部的新罕布夏州，當時又是冷颼颼的二月天，有誰不想在這時候來點暖洋洋的夏日風情呢？於是，尼克先把全班同學集合起來，還找來許多綠色和咖啡色的色紙，做出一棵棵小小的椰子樹，然後用膠帶黏在每個同學的桌角。班導師狄芙小姐是個菜鳥老師，她的教師生涯才剛滿六個月，一看到眼前的景象，她簡直興奮極了：「哇，好可愛喔！」

隔天，班上所有女生都在頭上戴了紙花，而所有男生則戴上太陽眼鏡和海灘帽。狄芙老師猛拍手，大聲叫好：「哇，我們班變彩色啦！」

到了第三天，尼克從家裡帶來一把小螺絲起子。他把教室裡的暖氣溫度調高到三十二度，全班同學都換穿短褲和T恤，還光著腳走來走去。趁著狄芙老師有事離開教室一分鐘，尼克趕緊拿出十杯白色細沙，把教室地板灑得到處都是。狄芙老師再次驚喜萬分，覺得自己的學生真是太有創意了！

可是大家進進出出，也把沙子帶到教室外面的走廊上了。警衛伯伯曼尼先生一點都不覺得這算是什麼創意，他氣沖沖地跑到樓下辦公室去。

於是，校長一路跟著地上的沙子來到教室，剛好看到狄芙老師在教室前面教幾個小朋友跳草裙舞，還有個高高瘦瘦、紅棕色頭髮的男生，上半身居然脫個精光，此刻正跳起來把排球扣殺過網，而那個球網還是用六件T恤綁在一起串成的呢！

沒有第二句話，三年級的南洋之旅，到此為止。

然而，尼克才不會就此罷手，他還是想讓每件事情都變得好玩一點。每隔一陣子，林肯小學就需要來一點刺激，而尼克正是最佳推手。

大約一年後，尼克創造出大名鼎鼎的「黑鸝大搜查」。有天晚上，他看到一個電視節目說，紅翅黑鸝如果發現有老鷹之類的威脅逼近，牠們就會發出高亢尖銳的叫聲。由於尖銳聲音的傳播方式很特別，前來獵食的老鷹根本搞不清楚聲音是從哪個方向傳過來的。

隔天自修課時，教室一片安靜，尼克瞄了艾佛麗老師一眼，發現她有個鷹勾鼻，形狀還真像老鷹的嘴喙。於是，尼克發出一聲高亢、短促、很像黑鸝的叫聲：「匹！」

艾佛麗老師原本低著頭看書，這時猛然抬起頭來朝四周張望。她搞不清楚是誰在搗蛋，於是只好對全班同學說：「噓！」

過了一會兒，尼克故技重施，而且更大聲一點：「匹——」這一次，班上同學有人輕輕偷笑。不過，艾佛麗老師先是假裝沒聽到聲音，大約過了十五秒，她慢慢站起身，走到教室最後面。

尼克緊盯著書本，全身一動也不動，接著他使盡全力，發出一聲超級高亢又吵死人的叫聲：「匹——」

艾佛麗老師衝向前去。「珍妮・費斯克，立刻閉上你的嘴！」

珍妮與尼克之間相距四排座位，她的臉色唰的一下變白，然後又漲得紅通通。

「不是我……真的不是我啦！」珍妮的聲音有點哽咽，好像快哭出來了。

艾佛麗老師知道自己搞錯了，她向珍妮道歉。

「不過，有人要倒大楣了。」艾佛麗老師這樣說著，她的模樣越來越像一隻老鷹了。

尼克繼續看自己的書，沒有再發出「匹」一聲。

到了午餐時間，尼克跑去找珍妮，他覺得很對不起她，因為剛才艾佛麗老師衝過去逮她。珍妮住在尼克家附近，他們兩人有時候會一起出去玩。珍妮很會打棒球，更是學校裡的足球高手，不論男生還是女生都只能甘拜下風。尼克對她說：「嘿，珍妮，很抱歉害妳在自修課被罵。都要怪我啦，我才是那個鬼叫的人。」

「原來是你喔！」珍妮說：「為什麼艾佛麗老師以為是我呢？」

於是尼克向她解釋黑鸝的習性。珍妮覺得這實在太好玩了，她也試著發出幾個匹匹聲，沒想到珍妮的匹匹聲比尼克更高亢、更短促。她答應幫尼克守住這個天大的秘密。

後來直到尼克念完四年級，艾佛麗老師至少每個星期都會聽到一次嘹亮的「匹——」一聲，卻完全不知道是從班上哪裡傳出來。那種叫聲有時高亢，有時則是超級高亢。

艾佛麗老師始終不知道那是誰叫的，慢慢的，她讓自己假裝沒聽見。不過她依然長得很像老鷹就是了。

對尼克來說，「黑鸝大搜查」不算什麼，這只是做了一次時間很長的科學實驗。當然，這個實驗非常地成功。

而珍妮也樂在其中！

2 葛蘭潔老師

升上五年級後，學校生活完全不一樣了。這一年，大家要開始為以後升上中學做好準備。這就表示五年級得順利過關才能繼續升級；也意謂著早上的下課時間會縮短；還有成績單上「甲乙丙丁」的評分，這下子是玩真的了。但最重要的是，升上五年級就一定會遇到「葛蘭潔老師」。

整個五年級大約有一百五十位學生，授課老師總共有七位，其中兩位教數學、兩位教自然、兩位教社會，只有一位教英文。葛蘭潔老師不僅一個人獨撐英文課大局，而且她的名聲響亮無比。

葛蘭潔老師獨自住在一棟整潔的小房子裡，位於鎮上的老社區。她每天開一輛淺藍色老爺車到學校上課。無論雨天或晴天、無論下雪、下冰雹或颳大風，數十年如一日，她始終維持「全勤」的完美紀錄，時間久遠到無人可考。

葛蘭潔老師的頭髮近乎全白，整整齊齊地梳攏在腦後，髮型有如鳥巢一般。其他的年輕女老師都會穿長褲到學校上課，只有葛蘭潔老師不會。她有兩套裙子套裝，人稱「灰色制服」和「藍色制服」，而且永遠都搭配白色襯衫，領口也必定別上一副瑪瑙別針。除此之外，葛蘭潔老師是唯一一個永遠不會流汗的人，除非氣溫超過三十度，否則她絕對不會脫下外套。

在老師之中，葛蘭潔老師的個頭算是非常嬌小，甚至有些五年級學生都比她高。不過，葛蘭潔老師卻給人一種「巨人」的感覺，這種感覺完全來自她的眼睛。她的眼珠是深灰色，如果她的眼神威力全開，會讓人自覺非常渺小，小到簡直跟地上的灰塵沒兩樣。其實她的眼睛會發亮也會笑，有些學生說她講起笑話來還真讓人笑破肚皮，不過她之所以那麼有名，當然不是因為很會講笑話的關係。

每個人都說葛蘭潔老師有雙透視眼。在她周圍十五公尺的範圍內，你根本別想偷嚼口香糖。如果你膽敢一試，葛蘭潔老師絕對會看到你、逮住你、叫你把口香糖黏在一張亮黃色的索引卡上，然後用安全別針把卡片固定在你的襯衫上，你得一整天都佩戴著那張卡片。這還沒完哪，你得帶那張卡片回家，請爸爸或媽媽在上面簽個名，隔天再帶回學校交給葛蘭潔老師。就算你還不是五年級學生，葛蘭潔老師依舊老神在在，因為她心裡很清楚，你遲早都會變成五年級學生。

林肯小學所有的學生都知道，到了關鍵時刻，也就是五年級，正是由葛蘭潔老師評定拼字測驗和閱讀測驗的分數；但這還不算什麼，最可怕的是字彙測驗，那可是週復一週、月復一月的惡夢。

全世界的英文老師都很喜歡叫學生查字典：「查查看拼字拼得對不對。查查看那個字的意思。查查看音節該斷在哪些地方。」

但是葛蘭潔老師不只喜歡字典，她根本愛死字典了，幾乎可以說是崇拜到五體投地。她每個星期都會給學生一張字彙表，通常包含三十五個字，有時候更多。

這還不夠慘呢，每天早晨你還會在黑板上發現「每日一字」。如果你哪天決定偷懶一下，沒把每日一字抄下來、查查字典、學會那個字的意思，葛蘭潔老師遲早都會逮到你，然後呢，她會送你

「特製作業」：那整個星期每一天都會有「每日兩字」。

在教室後方的書架上，葛蘭潔老師準備了一整排共三十本字典。不過她最得意、最喜愛的不是那些，而是比那所有字典更巨大的一本，裡頭收錄了全宇宙的每一個字，而且這本字典得由兩個學生才抬得動。這部字典放在葛蘭潔老師上課教室的最前方，端坐在一張專屬的小桌子上，活像是教堂前方的神聖祭壇。

過去三十五年來，無數的學生畢業於林肯小學，而每一個人都忘不了曾經站在那張桌子前，聆聽葛蘭潔老師的標準口號：「查一查啊！這就是我們要有字典的原因。」

雖然學期還沒開始，尼克和同學們仍在放暑假、還沒升上五年級，但葛蘭潔老師卻早就開始忙東忙西了。每一位五年級新生的家長都收到一封葛蘭潔老師寫的信。

八月的某一天晚上，在晚餐桌上，尼克的媽媽大聲唸出信裡的幾句話：

每個家庭都要有一本好字典，學生才能做好家庭作業。每位學生都該擁有良好的拼字能力、良好的文法概念和良好的文字運用技巧。良好的語言能力有助於培養清晰的思考，而對每一個女孩和男孩來說，五年級正是增加字彙能力的最佳時機。

在這段話後面，葛蘭潔老師還列出一份清單，都是「適合在家自習使用」的字典。

艾倫太太說：「這位老師的工作態度好認真，真是太棒了。」

尼克咕噥了一聲，努力想好好品嘗眼前剩下的半個漢堡。然而，就算飯後甜點是他最愛的西瓜，他的心情也好不到哪裡去。

尼克並不覺得特別需要字典。他確實很喜歡學習單字，也善於運用文字，但他覺得只要多看書就能學到需要的單字，平常也總是抱著書不放。

一旦碰到不認識的單字，他就會跑去問哥哥、爸爸或剛好碰到的某個人，如果他們知道的話，就會告訴他，但葛蘭潔老師就沒這麼好心了。尼克曾經聽說過她的種種事蹟，去年還在圖書館碰到一些五年級學生，他們低著頭，鼻頭幾乎貼到字典，好像發了狂，拼命想在英文課前把字彙作業趕完。

距離開學還有一個星期，尼克有預感，五年級將會是超級漫長的一年。

3 問題來了

開學第一天，照例是同學們哈啦聊天的日子，大家一邊發課本，一邊吱吱喳喳講個不停。每個人劈頭的第一句話都是：「你暑假都在做什麼啊？」

那一天從第一節到第六節課，尼克都過得很順利。

但接下來就是第七節課了。葛蘭潔老師的課可沒這麼好混。

首先登場的是字彙課前測驗，測驗班上同學對於本週要學的三十五個單字認識了幾個。Tremble（發抖）、circular（圓的）、

orchestra（管絃樂團）……一個個的單字彷彿無窮無盡。看到這些字，尼克大部分都知道意思。

接著老師發下一份課程大綱，列出這門課的進度。在這之後是一篇複習文章，講的是英文書寫體的寫法；接著又是一張範本，讓同學們知道每篇作業的開頭該怎麼寫。就這樣連續三十七分鐘都沒有休息。

尼克有個絕技，他很會舉手發問、拖延上課時間，所以向來以「妨礙老師上課」或「保證佔光上課時間」聞名。在下課鐘響前三分鐘，趁著老師講完今日課程，準備宣布家庭作業時，尼克就會大展身手。這招保證可以纏住老師，耽誤她宣布的時間，說不定最後就來不及出作業了。

掌握時機確實相當重要，不過呢，「問對問題」才是真正的絕招所在。像是問一問最近發生的新聞啦，問一問老師以前念哪一所大學啦，問一問老師最喜歡的書或運動或嗜好……等等。尼克試過各式各樣的把戲，幾乎是無往不利。

現在他升上了五年級，這堂葛蘭潔老師英文課的「初體驗」已接近尾聲，尼克嗅出家庭作業大有山雨欲來之勢，就像農夫能嗅出暴風雨即將來襲一樣。

葛蘭潔老師停下來，深吸一口氣，就在這時，尼克倏地舉起一隻手。她向下瞄了一眼座位表，然後抬起頭看他。她的灰色眼睛十足銳利，但這可連一半的威力都還沒使出來呢。

「尼克，有什麼事嗎？」

「葛蘭潔老師，妳的教室裡有這麼多本字典，那一本還特別大……這麼多的字到底是從哪裡來的呢？是不是從別的字典抄過來的？那真的是很厚一本耶。」

這想法很棒吧，跟手榴彈一樣——砰！

好幾個同學忍不住笑出來，還有幾個人偷瞄了時鐘一眼。尼克玩這種把戲很出名，全班都知道他在耍什麼花招。

但情況不太妙，因為連葛蘭潔老師也知道。她停頓一會兒，接著對尼克咧嘴一笑，那笑容有點太甜美，不太像是發自內心，而她的雙眼則透露出暴風雨的色彩。

「哇，尼克，這個問題真有趣！我敢打賭我可以一連講上好幾個小時。」她的眼光掃過全班同學。「其他同學也想知道答案嗎？」每個人都點頭稱是。「那真是太棒了！尼克，麻煩你回去研究一下，向大家做個簡單的口頭報告好嗎？如果你能夠自己找出答案，絕對比我直接告訴你要來得有意義多了。請在下次上課之前把你的報告準備好。」

葛蘭潔老師再次對他微笑，笑得非常甜美，然後回歸正題。「好啦，我來宣布明天要交的家庭作業，請翻到課本《活用字彙》第十二頁……」

尼克根本沒聽到家庭作業要寫什麼。他的心臟怦怦跳，覺得自己很渺小，超級渺小。他可以感覺到整個耳朵紅得發燙。真是徹底失敗。不僅多出一個家庭作業，而且座位表上他的名字旁邊，說不定多了個黑色的「×」。

這就是了，關於這個老師的傳聞全部都是真的——只要碰上「獨行俠」葛蘭潔老師，你甭想搞鬼。

4 探索文字的意義

這是個美好的九月天，午後陽光明亮，清風徐徐，天空湛藍。但對尼克來說卻完全不是如此。

尼克必須準備明天的簡短報告，外加抄寫三十五個單字的完整解釋。這全是葛蘭潔老師規定的。學校不該是這樣的，至少對尼克來說不是。

尼克家裡有個規定：功課第一。也就是說放學之後要立刻做功課。尼克以前就聽哥哥傑姆抱怨了好多年，一直嘀咕到他兩年前高中畢業為止。後來傑姆離家去上大學，過了一學期後，他寫信回家說：「我的成績很棒喔，因為來這裡念大學以後，我知道該把最重要的事情先做完。」這封信正是最好的證據，尼克的爸媽求之不得。於是從每年九月到隔年六月，「功課第一」便是最高準則。

在此之前，尼克從來不覺得這有什麼大不了，因為老師幾乎都來不及交代家庭作業。喔，當然啦，他每個星期四晚上會檢查一下拼字作業，四年級的時候要寫幾篇短短的讀書報告，除此之外，就沒有啦。到目前為止，家庭作業從來沒有影響到他的自由時間。但現在，好日子下台一鞠躬，這都得好好感謝葛蘭潔老師。

眼前有一本紅色封皮的全新字典，是尼克的媽媽依照葛蘭潔老師的吩咐買的。首先他翻開字典，一一翻查那些單字的解釋，光是這部分就花了快一個小時。他聽見有人在街尾約翰家的院子裡打棒球，吆喝與歡呼聲不絕於耳，每隔幾分鐘就聽見打者「鏘」的一聲打擊出去，聲音還真清脆。但他卻必須準備報告內容，因為這是葛蘭潔老師規定的。

尼克翻開字典的第一頁。這一頁是這本字典的序文，標題是「文字的起源」。

「太棒了！」尼克心想。有了這篇文章，明天的報告就安啦，要不了幾分鐘就可以全部搞定。尼克幾乎可以感覺到陽光耀眼、微風輕吹，彷彿他已經跑到外面玩耍，功課全都做完了。

於是，他從那篇序文的第一個句子開始讀：

毋庸置疑，這是有史以來內容最豐富、最詳盡的現代美語字典，對於字源之詳盡敘述無人能出其右，不僅反映出字彙編纂

> 方面的傑出學術成就，也集合了數千年來數百萬人的想像力、語言能力與創造才能。每個曾經口說英文、書寫英文的人，都對英文的創造過程貢獻了一己之力。

什麼跟什麼嘛？尼克不禁搔搔頭，重新讀一次，然後又讀了一次。好像並沒有比較了解。困難的程度有點像是要弄懂洗髮精瓶子上標示的內容物成份一樣。

他「啪」的一聲闔上字典，走到樓下去。

「閱讀」在尼克家是個重要活動，所以他家客廳的四面牆壁中，有三面是書架。書架上有兩套百科全書，黑色那一套是寫給大人看的，紅色那套則是兒童專用。尼克拉出紅皮百科全書，翻查「字典」的詞條。結果說明的文章佔了整整三頁，各種主題包括

「早期字典」、「探索字義」、「今日的字典」等等。沒什麼令人興奮的發現，但無論如何還是得準備報告。尼克一屁股坐到沙發上，將整篇文章從頭到尾讀一遍。

等到把兒童版的這部分讀完，他又取下黑皮百科全書，再把這本所寫的「字典」內容盡量讀一讀，結果大概只看懂了一半。

他靠坐在沙發上，舉起一隻手臂遮住眼睛，想像自己上台報告這一大堆無聊透頂的東西。如果大家肯耐心聽個三分鐘就該偷笑了。但尼克就是尼克，他突然想到一個好點子，這時只見他臉上浮現出一抹微笑……

尼克心想，上台報告也可以走「純娛樂」路線呀。他打算使出沒人想過的絕招。畢竟，這是葛蘭潔老師自己要求的！

5 上台報告

隔天的午餐時間，尼克心裡有種不太好的預感。第七節課就快到了，屆時他得站在葛蘭潔老師那堂課的講台上，班上每一個人的眼睛都會死盯著他的臉。這還沒什麼，再想到葛蘭潔老師的眼神，那必定是火力全開，彷彿能把你射倒在地。

他一次又一次反覆瀏覽筆記，內容包括有史以來第一部英文字典、英文這種語言的發展歷史、莎士比亞、從法文和德文衍生而來的字、新字、舊字、新發明、盎格魯撒克遜人使用的字、拉丁文和希臘文字根、美式英語……等等，這堆東西全在他的腦袋裡糊成一團。至於昨天晚上擬定的偉大計劃呢？此刻身在學校，日光燈將四周照得死白，那計劃好像根本行不通。

學校為什麼非得裝時鐘不可？如果你打算放學後參加好玩的社團活動，那麼每個班上的時鐘活像在倒退走，而且一整天的課彷彿永遠都上不完。不過呢，如果放學後你得做些討厭的事，像是理頭髮或被拖去買衣服，咻咻——你都還來不及眨眼，一整天就過去啦！那麼今天又是如何？吃完午餐後，時鐘彷彿只滴答了兩下，第五節和第六節課就過完了。

第七節課鐘聲一響，葛蘭潔老師便走進教室。她從門口到講桌只消四步，接著迅速打開點名簿，瞥了全班一眼，在簿子上做了兩個記號。然後她抬起頭，望著尼克說：「我還記得，今天上課會有一個簡短報告作為開場。尼克，你準備好了嗎？」

第七節課才過了十五秒，尼克就要上場了。這位女士顯然勢在必得，尼克心裡這麼想。他吞了吞口水，伸手抓起書包和那疊皺巴巴的筆記卡，慢慢走向教室前方，站在巨大字典的小桌子旁。葛蘭潔老師則走到教室後方，在書架旁找到一張高腳凳坐下，一本正經的模樣。她今天穿的是「藍色制服」。

尼克深深吸了一口氣，開始發表報告：「這個嘛，我最先學到的是，歷史上第一部英文字典……」

葛蘭潔老師打斷他的話。「等一下，尼克，你的報告有沒有定一個題目？」

尼克望著她，眼神顯得空洞茫然。「題目？呃，沒有，我沒有想題目。」

「各位同學，以後你們準備口頭報告或書面報告時，請記得加上題目。好，尼克，請繼續。」葛蘭潔老師對他笑了笑，點點頭。

尼克重新開始。他直視葛蘭潔老師，接著說：「我今天的題目是：字典。」有幾位同學覺得很好笑，不過尼克沒有停下來，逕自說下去：「很多人認為，最早的英文字典出現在十八世紀，那時候有個人名叫山繆・約翰生，他將很多字收集在一起編纂成字典。約翰生住在英國的倫敦，他非常聰明，曾經寫過很多書。他很希望所有聰明人都能擁有一本好字典，於是乾脆自己編一本，不過呢，其實在他這本之前，還有很多本字典。約翰生字典的特色在於它的規模，這是它的第一個特點。這本字典收錄了超過四萬三千個字！」

全班聽到這個驚人的數字，不禁開始大聲鼓噪起來，「喔——」、「哇——」之類的叫嚷聲此起彼落，害尼克忍不住分心。他抬起頭，瞥了葛蘭潔老師一眼，本來以為老師那雙眼睛會在他身上鑽出一個洞，沒想到並不然。她的眼神簡直再親切不過了，完全就是好老師的眼神。她發出噓聲制止全班同學，接著說：「尼克，請繼續，這個開場很不錯。」

尼克差點就要露出笑容，可是看到全班同學都盯著他，只好把寫滿筆記的卡片抓得更緊，讓注意力回到報告上。

「約翰生字典還有另一個特點，他選入字典的都是他認為最重要的字，而且附上非常多的例句，以便說明一般人如何運用這些字。舉例來說，他讓我們知道『take』這個字有一百一十三種不同的用法……」

尼克的報告就這樣過了十二分鐘，進行得很順利。沒想到站在台上談這個主題竟然如此輕鬆簡單，連尼克自己都覺得很驚訝。報告剛開始五分鐘後，葛蘭潔老師不得不打斷尼克，她對大家說：「各位同學，有人在台上報告的時候，請不要大聲叫嚷，或者趴在桌子上，這樣很沒有禮貌。」說實在的，班上同學沒半個人對這報告有興趣，只有葛蘭潔老師很重視。

每次尼克抬起頭來看，葛蘭潔老師的臉上都掛著微笑，而且從她的眼神中找不到一絲絲冰冷或尖銳嚴厲的味道。她就只是細細咀嚼報告內容，靜靜聆聽，不時點點頭，而且每隔一陣子便說「這個看法很棒」，或者「很好，完全正確」。

但尼克下一次再抬頭看葛蘭潔老師，剛好發現她瞄了手錶一眼。已經過了十八分鐘，說不定他的計謀還是能得逞。第二回合才剛開始呢。

尼克伸手到書包裡，抽出他從家裡帶來的紅色封皮字典，大多數同學都有這一本，因為葛蘭潔老師說每個人都應該買一本。尼克再度開口：「我在家裡就是用這本字典做字彙作業，而且……而且，昨天晚上翻開字典的第一頁，我發現這裡寫了好多關於字典的來歷……就在這本書裡。所以我想到很多點子，我覺得把這些想法放在報告裡面一定會很棒。這篇文章是這樣說的……」

「嘿，尼克！」尼克聽到叫聲，抬起頭。葛蘭潔老師跳下高腳凳，木製椅腳在光滑地板上刮出「吱」的一聲。一顆顆腦袋瞬間驚醒，全班同學再次進入警戒狀態。葛蘭潔老師露出微笑，眉毛挑了挑，用手指一指她的手錶。「尼克，我覺得其他同學應該回家自己閱讀。現在呢……」

約翰高高舉起他的手，等待葛蘭潔老師點頭示意，然後他說：「葛蘭潔老師，可是我家沒有買那本字典。我家的字典是藍色封皮的。」這時又有好幾位同學立刻接口說：「我也是！」

葛蘭潔老師拼命忍住，不想表現出生氣的樣子。「那好吧，尼克，請你繼續，但是不要講太久。我們今天還有課要上。」

尼克用力睜大眼睛，露出無辜的眼神，點點頭，調整一下鼻樑上的眼鏡，然後開始朗讀：

> 毋庸置疑，這是有史以來內容最豐富、最詳盡的現代美語字典，對於字源之詳盡敘述無人能出其右，不僅反映出字彙編纂方面的傑出學術成就，也集合了數千年來數百萬人的想像力、語言能力與創造才能。每個曾經口說英文、書寫英文的人，都對英文的創造過程貢獻了一己之力……

這篇文章超級冗長，其實全班同學都快無聊死了，可是沒有人表現出來。此時此刻，教室裡每位同學都發現，這堂課到現在已經過了一半，尼克的報告顯然不是一篇普普通通的報告。這可是有史以來「佔光上課時間」招數之終極無敵版。

葛蘭潔老師顯然也發現了。她從教室後面沿著靠近窗戶的走道慢慢走向講台。尼克繼續朗讀，偶爾偷看一下葛蘭潔老師，每偷看一次，就發現葛蘭潔老師眼神的威力增強了一級。就這樣，尼克使出完全不停頓的絕招，足足朗讀了八分鐘，而葛蘭潔老師的眼神差不多可以把尼克身後的黑板燒穿好幾個洞。到了這時候，第七節課僅僅剩下十分鐘。

正當尼克換一口氣，準備開始朗讀下一段時，葛蘭潔老師打斷他。「尼克，在這裡停下來還滿剛好的。各位同學，讓我們用熱烈的掌聲謝謝他的報告。」掌聲沒有持續太久。

尼克拿起書包和筆記，回到座位坐下來。這時候，葛蘭潔老師的眼神幾乎恢復正常了，事實上她還對尼克露出微笑。「雖然你的報告有點長，」她停頓了一下，等大家聽懂這句話：「不過報告得很棒。而且你應該也發現了，英文比全世界其他語言用了更多不同的字，很神奇吧？」她指了指那本超級大字典。「光是這本字典的內容就有超過四十五萬個字的字義解釋呢。嘿，尼克，我說的對不對？既然你自己研究過一次，應該會有很深刻的體會吧。」

看到葛蘭潔老師的臉上堆滿笑容，尼克縮進自己的椅子裡。這種情況比寫報告還糟糕，甚至比上台報告還要糟。他現在的處境活像是……活像是老師的寵物，而且他深深覺得，葛蘭潔老師早有預謀，根本是設好陷阱讓他往下跳。這樣下去還得了，他的威名豈不是要毀於一旦？於是尼克蓄勢待發，準備發動另一波問題攻勢。

他高高舉起手，甚至沒等到葛蘭潔老師叫他的名字，他就開口了：「我想是吧，可是老師你也知道，我還是搞不太清楚，為什麼每個字各自有不同的意思？這樣說好了，就像『dog』這個字，是誰說這個字指的就是會亂叫、還會搖尾巴的那個東西？這到底是誰規定的？」

葛蘭潔老師正面接招。「誰規定『dog』的意思是『狗』？就是你啊，尼克。就是你和我，還有這間教室、這所學校、這個小鎮、這個州，和這整個國家的所有人。我們都同意『dog』的意思是狗。如果我們住在法國，我們就會認為那種毛茸茸、四條腿的動物要用另一個字來表示。法國人用的字是『chien』，唸起來很像『施─恩』，而這個字的意思就和你我所知道的『dog』一模一樣。

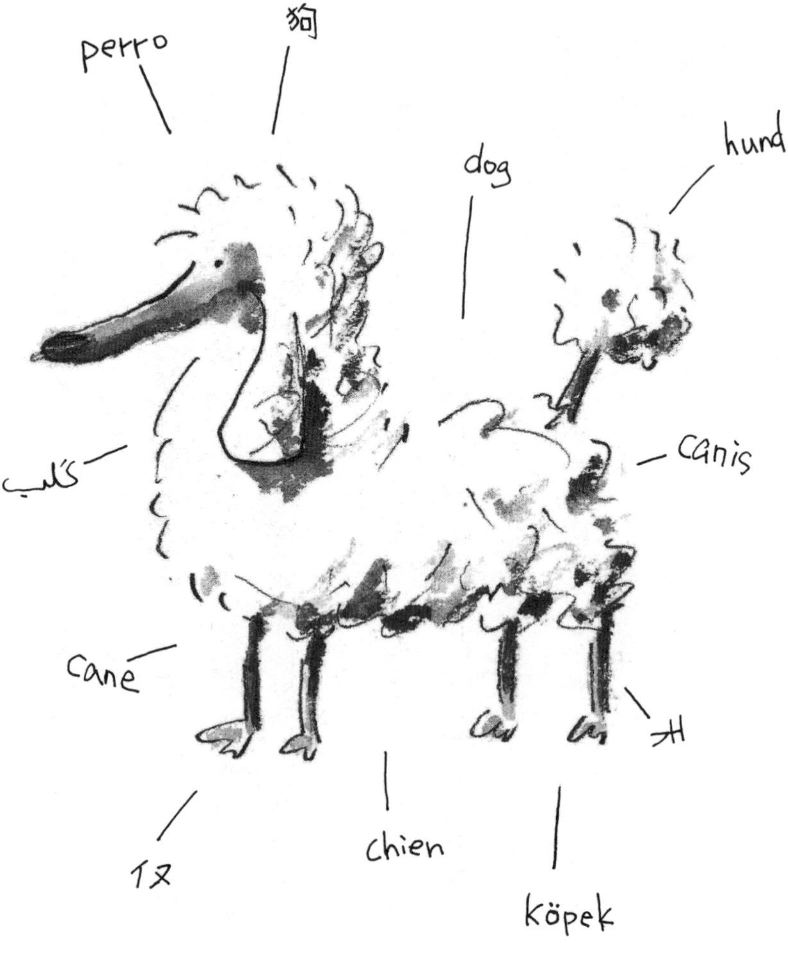
perro
狗
dog
hund
كلب
canis
cane
개
イヌ
chien
köpek

至於德國人則用『hund』。就像這樣，世界各地的用法都不一樣。可是，如果這個教室裡所有的人一致同意用另一種方法來稱呼那種動物，甚至教室外的其他人也全部欣然同意，我們就會改用另一個字稱呼牠，而且總有一天，連字典也會改用那種稱呼。究竟是誰決定那本大字典的內容？當然是我們每一個人。」她又指了指那本巨無霸字典。而且她直視著尼克，並再次露出微笑。

接著，葛蘭潔老師繼續說：「不過當然啦，那本字典是由好幾百位很有智慧的人負責編寫，花了很多年的時間才終於大功告成，所以對我們來說，那樣的字典就等於是『法律』。當然，法律是可以修改的，但是只有真正需要的時候才會去修改。也許我們以後還需要創造新字，但是那本字典之所以會收錄那些字，絕對都可以提出很好的理由。」

葛蘭潔老師朝時鐘看了一眼，還剩下八分鐘。「至於最後這幾分鐘，各位同學應該早就把今天要交的作業做好了，作業是從課本《活用字彙》的第十二頁開始。請把你們的作業拿出來。莎拉，請你讀第一個句子，把其中的錯誤挑出來，再把正確答案告訴大家，好嗎？」

葛蘭潔老師把整節課的內容擠進最後八分鐘，講了一堆令人頭昏眼花的動詞、名詞和介系詞；而且，你想的沒錯，她也沒忘了交代今天新的家庭作業。

而尼克並沒有再一次擾亂葛蘭潔老師。他是讓整堂課的進度慢了一點沒錯，但是有沒有妨礙到她的課程進度呢？門兒都沒有。

根本沒人妨礙得了葛蘭潔老師……至少今天是如此。

6 驚天動地的妙點子

就在同一天下午，後來又發生了三件事。

尼克和珍妮・費斯克放學後參加校刊會議，結果錯過搭校車的時間，於是兩人一起走路回家。他們沿著人行道的邊緣走，就像是走獨木橋，看看誰會先掉下來。這需要非常專心才行。等到珍妮又一次掉下來，尼克興奮地大叫：「你輸我三次了！」

可是珍妮說：「我才不是掉下來呢，我看到一個東西啦……你看！」她彎下腰，撿起一枝金色的原子筆，看起來挺炫的。

這是第一件事：珍妮發現一枝筆。

他們再次踏上人行道邊緣，走在狹窄的混凝土路緣上，尼克跟在珍妮身後，小心翼翼舉起一隻腳，踏到另一隻腳前面。隨著腳步前進，他回想起今天上課的情形，特別是他的口頭報告，還有那堂課結束前，葛蘭潔老師針對「字」所說的那些話。

他慢慢理解那些話真正的意思了。這是第二件事。

葛蘭潔老師那時候說：「誰規定『dog』的意思是『狗』？就是你啊，尼克。」

「就是你啊，尼克。」他喃喃自語。

是我？尼克一邊想著，一邊繼續把一隻腳踏到另一隻腳前面，跟在珍妮身後往前走。那到底是什麼意思呢？就在這時候，尼克的腦海裡浮現一些往事。

那時候他大概只有兩歲吧。有一天，媽媽買了一台堅固耐用的卡帶式錄音機給他，順便還買了一些童謠錄音帶。他實在太喜歡那些童謠了，重複聽了一次、一次、又一次，一點都不膩。他會抱著錄音帶和錄音機，跑去扯一扯媽媽、哥哥或爸爸的衣服，嘴裡咕嚕咕嚕叫著「呱嘎拉、呱嘎拉、呱嘎拉」，要他們幫忙把錄音帶放進機器裡，並按下播放鍵。

那之後又過了三年，只要他嚷著「呱嘎拉」，家裡的人就知道，他又想聽那些歌聲和樂器組合而成的好聽聲音了。一直到尼克上了幼稚園，他才學會說「音樂」，否則老師和其他小朋友根本不知道他口中的「呱嘎拉」是什麼。但不管怎麼樣，對尼克來說，「呱嘎拉」的意思就是好聽的聲音，因為這是尼克的用法。「誰規定『呱嘎拉』的意思是『音樂』？就是你啊，尼克。」

「這樣不算啦！」珍妮大叫，原來尼克沉浸在自己的思緒中，完全沒注意到他們已經走到家附近的巷口，結果一頭撞上珍妮。珍妮搖搖晃晃摔出人行道邊緣，手上的金筆也掉到路上，發出了清脆的「匡噹」聲。

「啊，對不起……我不是故意的，真的啦，」尼克趕緊說明：「我只是沒發現你停下來了……」尼克彎身蹲下，撿起那枝筆，伸手遞給她。「這是你的……」

就在這時，第三件事突然發生了。

尼克沒有說出「pen（筆）」。他沒有這樣說，反而脫口說出「這是你的……frindle（粉靈豆）！」

「frindle？」珍妮拿起那枝筆，瞪著尼克，那眼神彷彿是看到一個超級大白痴。她忍不住皺起眉頭問：「frindle 是啥？」

尼克咧著嘴嘻嘻笑：「你遲早會知道的。明天見！」

那正是事發現場：春天街和南大路的交叉路口，與尼克家只隔著一條街。時間則是九月的一個下午。就在這歷史性的一刻，尼克的腦袋裡蹦出一個驚天動地的妙點子。

事發之後，尼克一溜煙跑回家，衝上台階，闖進家門，三步併兩步爬上樓梯，直奔他的房間。這不只是驚天動地的妙點子，這是一個計劃，一個完美無缺的計劃，只待尼克將它付諸行動。畢竟，「行動派」正是尼克的代名詞！

隔天放學之後，計劃隨即啟動。尼克走進佩妮・潘區太太開的店，向櫃台的女士詢問店裡有沒有賣「frindle」。

她瞇起眼睛皺著眉，瞪著尼克瞧。「有沒有賣什麼？」

「frindle，麻煩你了。請給我一枝黑色的。」尼克對她微笑。

她傾身向前，靠近尼克，側耳問他：「你說你要什麼？」

「一枝 frindle 啊，」這一次，尼克舉起手，朝她後方架子上的原子筆指了指。「我要黑色的，麻煩你了。」

那位女士拿了一枝筆，遞給尼克。他取出四十九分錢交給女士，說了聲「謝謝」，然後就離開了。

在那之後的第六天，珍妮站在佩妮‧潘區太太店裡的櫃台前。同一家店，又是同一位女士。一天前，約翰曾經來過，兩天前是皮特，三天前是庫斯，而戴夫在四天前也來過。珍妮是尼克派來的第五位同學，他們彷彿參加接力賽似的，一個接一個問那位女士有沒有賣 frindle。

珍妮才剛開口，那位女士立刻伸手去拿筆，而且順口問她：

「你要藍色或黑色？」

尼克正站在旁邊走道的糖果架子前，忍不住偷偷竊笑。「frindle」已經是真正的字了，它的意思是指「筆」。誰規定「frindle」的意思是「筆」？「就是你啊，尼克！」

半小時後，在尼克家的遊戲房裡，一群嚴肅認真的五年級學生聚在一起開會，包括約翰、皮特、戴夫、庫斯和珍妮。再加上尼克，總共有六位同學，組成「六人秘密小組」。

他們紛紛舉起自己的右手，大聲朗誦尼克事先寫好的宣誓文：

從今天開始，一直到永遠永遠，我再也不會使用「pen」這個字。我以後都會用「frindle」取而代之，而且我會用盡所有辦法，讓其他人都開始使用「frindle」這個字。

這六個人全部都在宣誓文上簽下了自己的名字，當然是用尼克的「frindle」簽名！

「計劃」要開始大顯神威了。

這一切都得感謝您囉，葛蘭潔老師。

7 發動文字大戰

如果想要發表一個新字，還有什麼地方比學校更適合？而既然這是歷史性的重要事件，尼克當然想在最適合的一堂課公開發表，那就是第七節的英文課。

上課鈴聲一響起，不等課堂正式開始，尼克率先舉起手說：「葛蘭潔老師，我忘了帶我的 frindle。」

約翰與尼克隔了三排座位，他也很順地接口：「我多帶了一枝，你需要的話，我可以借你。」

接著約翰作勢在書包裡翻來找去，動作超級誇張。「我的意思是說，我以為我有多帶一枝 frindle，我叫我媽幫我放了三枝或四枝……咦，昨天書包裡真的多了一枝 frindle 啊，沒騙你，不過我一定是拿去……等一下……嘿，真的有啦，這裡有一枝。」

約翰做了個超級誇張的動作，把它丟出去，而尼克故意沒接到，又裝模作樣在地上找了老半天。

葛蘭潔老師和全班同學都接收到這個清晰而有力的訊息。那黑色的、塑膠做的、尼克向約翰借來的東西，有個怪不啦嘰的名稱……跟平常習慣的名稱不一樣……是個沒聽過的新名稱……叫做「frindle」。

一陣陣咯咯笑聲此起彼落，但葛蘭潔老師的眼神火力全開，四處掃射，全班立刻鴉雀無聲。接下來，這堂課完全按照計劃進行，當然是按照葛蘭潔老師的計劃。

等到其他同學都下課離開教室後，葛蘭潔老師說：「尼克，我想跟你好好談談幾個……字。」她特別強調「字」這個字。

尼克頓時覺得口乾舌燥，他嚥了一口口水，但頭腦還是很清楚。他走到講桌前說：「葛蘭潔老師，有什麼事嗎？」

「尼克，這點子滿有趣的，但是我的課堂上不容許有人再搗蛋搞鬼。我這樣說夠清楚嗎？」她的雙眼炯炯有神，不過這種眼神應該說是很明亮，並非灼熱難擋。

「點子？什麼點子？」尼克問道，盡可能讓自己的眼神看起來很無辜。

「尼克，你心裡清楚得很。我說的是課堂一開始，你和約翰合力表演的那齣戲。我講的是……這個。」語畢，她舉起她的筆，那是一枝老舊的鋼筆，筆身是暗紫紅色，筆蓋則是藍色的。

「可是我今天真的沒有帶 frindle 啊！」尼克一邊說著，一邊對自己的勇猛程度佩服不已。幸虧有眼鏡稍微掩飾，尼克讓自己的眼神看起來非常無辜。

葛蘭潔老師眨眨眼，隨即把眼睛瞇了起來，嘴唇用力抿成一條線。她靜默了幾秒鐘，然後才說：「原來是這樣，那好吧。尼克，我想今天沒什麼好討論了。你可以走了。」

「謝謝你，葛蘭潔老師。」尼克說著，連忙抓起書包衝向門口。就在剛剛踏上走廊時，他回過頭補上一句：「我發誓，以後再也不會忘記帶 frindle 來學校。老師再見！」

8 文勝於武

兩天後，有位攝影師到學校來拍攝班級照片。五年級的照片安排在最後才拍，時間是吃過午餐後。

由於這樣的安排，尼克和他的秘密小組得到充裕的時間。透過耳語，他們將某個重要訊息傳遞到每一位五年級學生耳裡。隨著所有的個人照片一一拍攝完畢，最後終於到了拍團體照的時間。全部同學在大禮堂的台階上排列整齊，每個人的頭髮都梳攏妥當，大家一起露出微笑。

可是，等到攝影師大喊：「一起說『起—司』！」居然沒有半個人跟著喊。

這時，所有同學反而大喊：「frindle—」而且每個人都舉起一枝筆，就這樣入了鏡。

好死不死，攝影師的底片剛好用完了，這張照片便成為他拍攝的唯一一張五年級團體照。五年級的六位導師簡直氣炸了，葛蘭潔老師更是暴跳如雷。

其實沒有人故意想惹老師生氣，大家只是覺得好玩嘛。這個舉動也讓全校學生熱烈討論那個新字，而一旦人們學會一個新字，通常就會持續不斷用下去。林肯小學的學生顯然很喜歡尼克發明的這個新字。超級喜歡！

但葛蘭潔老師就不一樣了。拍攝班級照的隔天，她向班上每位同學發布一項通知；這還不夠，她甚至在全校的大布告欄貼上一張公告：

> 只要有人讓我聽到他說了「frindle」而不是「pen」，放學後就必須留校察看，而且要罰寫下列句子一百次：「我用 pen 罰寫這個句子。」
>
> 葛蘭潔老師

但這只會使大家更想用尼克發明的新字，結果「遭到葛蘭潔獨行俠留校察看」變成大家爭相締造的光榮事蹟。每天放學後，葛蘭潔老師的教室裡總有學生留下，這種情形持續了兩個多星期。

一天，第七節課快要結束時，葛蘭潔老師請尼克在放學後找她聊聊。「不是要你留校察看，尼克，只是跟你聊一聊。」

尼克興奮極了。這有點像戰爭時期的雙邊會談，一方揮舞著白旗，然後雙方將領從軍隊裡走出來談判。「尼克・艾倫將軍」，聽起來真是太酷了。

放學後，尼克走到葛蘭潔老師的教室門口，探頭看看。「老師，您要找我講話嗎？」

「喔，是尼克呀。請進，坐下吧。」

他坐下來之後，葛蘭潔老師看著他說：「『frindle』這個把戲玩夠了吧，你覺得呢？這樣只會擾亂整個學校，不是嗎？」

尼克用力吞了一口口水，但他說的是：「我覺得這沒什麼不對啊，只是好玩嘛，而且它是真正的字了。這個字不是不好，只是跟原來的字不一樣。喔，對了，文字就是這樣發生變化的，對不對？

這是老師您說的喔。」

葛蘭潔老師嘆了一口氣。「是沒錯，這樣確實有可能造出全新的字，我也同意，但是把『pen』改掉？它真的需要改成……呃，改成別的字嗎？『pen』這個字擁有很悠久、很精采的歷史，它是從拉丁文『pinna』來的，原本的意思是羽毛。後來之所以演變成『pen』這個字，主要因為早期有一種書寫工具是鵝毛筆，這種筆是用羽毛做成的。所以這個字是有來歷的，尼克，這個字是有它的道理的。」

「可是『frindle』對我來說也有道理啊，」尼克說：「而且不管怎麼樣，當初也是有某個人創造出『pinna』這個字，對吧？」

這句話讓葛蘭潔老師的雙眼閃過一絲光芒，不過她沒有其他反應，只是淡淡地說：「那麼，你不打算停止胡鬧囉？」

尼克很鎮靜，直視葛蘭潔老師的眼睛。他說：「呃，我和……我的意思是說，我和一群好朋友發了重誓，我們下定決心非用這個字不可，所以我必須遵守諾言。而且不光是這樣，我覺得這整件事一點錯都沒有啊，我很喜歡我發明的這個字！」尼克想盡辦法讓自己看起來很勇敢，就像一個勇敢的將軍應該有的樣子。

「那好吧。我想，大概要用這種方法才能做個了結。」葛蘭潔老師從抽屜裡拿出一個厚厚的白色信封，她把信封舉起來。「尼克，這是我事先寫好要給你的信。」

尼克伸出手，心想老師要把信交給他。不過她沒有動作。

「等到這整件事完全落幕，我才會把這封信寄給你。我要請你先在信封背面簽上你的名字，再寫上今天的日期。等你以後終於讀到這封信時，不管那會是什麼時候，你就知道是同一封信，而我絕

對不會再拿出來修改。」

「這太詭異了。」尼克在心裡對自己說。不過面對葛蘭潔老師，他只說：「沒問題！」接著用漂漂亮亮的書寫體簽下他的名字，也在名字下面寫上日期。

然後，葛蘭潔老師「唰」的一聲站起來，對他說：「尼克，今天就談到這裡為止。祝最棒的字獲得勝利！」

葛蘭潔老師的眉頭皺成一團，可是她的雙眼……她的雙眼就完全不一樣了。你可以說，她的雙眼看起來很開心！

尼克轉身走出教室，還沒踏進走廊時，他突然完全懂了：「她喜歡這場文字大戰，而且她想來個大獲全勝！」

隔天早晨，大夥兒一起走路上學的途中，皮特想到一個很棒的點子。「這樣好了，我們來發動五年級的每一位同學都去問葛蘭潔老師：『借我一枝 frindle 好嗎？』」

「你應該要這樣說吧：『葛蘭潔老師，請借給我一枝 frindle 好嗎？』」戴夫笑著說：「要用正式的說法啦！你可不希望惹到『割人肉的老葛』吧。」

「我覺得這點子很棒！」尼克說：「她總不能叫每個人都留校察看吧！」

那天放學後，差不多有八十位同學被葛蘭潔老師留校察看，一大群人擠滿了她的教室，人數多到外面走廊也滿滿都是人，連校長都得留下來幫忙。校方還特別安排了兩部晚班校車，才把所有同學統統送回家。

到了隔天，全部的五年級同學再次如法炮製，還有一大堆其他年級的學生也加入行列，總共竟然超過兩百人！

家長的抱怨電話有如排山倒海般湧入，校車司機也威脅說要發動大罷工，到最後連學校董事會和督學都得介入。

大約就在這時，林肯小學校長決定親自出馬，到艾倫家來個簡短拜訪。校長想和艾倫家的家長談談他們的兒子。是就讀五年級的那個兒子，叫做尼克的那一位。

西洋棋賽

瑪格麗特・查塔姆在林肯小學擔任校長已經有八年之久，她早就認識尼克的爸媽，因為六年前林肯小學舊校舍要拆掉重建時，他們全都加入了營建委員會。

十月一日下午，查塔姆校長打電話約定拜訪時間，並且希望尼克也待在家裡。傍晚六點半，敲門聲響起，尼克連忙打開家門。

「尼克，晚安。」她說著，臉上沒有半點笑容。

「嗨，校長您好。」尼克一邊回應，一邊往後退，讓出空間給查塔姆校長擠進門口。她的體型非常壯碩，與尼克的爸爸一樣高，而且肩膀寬得不得了。尼克心想，她差不多可以去打美式足球的後衛了，因為尼克的爸爸在大學校隊就是打這個位置。

「哈囉，艾倫先生和艾倫太太你們好。」她嘴裡說著，一邊走進客廳。她身穿黑色長風衣，脖子上隨意圍著鮮紅色的絲巾。走進客廳後，她並沒有脫下風衣，只把絲巾取下，隨手塞進左邊口袋裡。她向尼克的爸媽揮揮手，動作顯得很僵硬，然後坐在沙發左邊的椅子上。尼克的爸媽坐在沙發上，尼克則選擇搖椅坐下，面對查塔姆校長，中間隔著一張低矮的咖啡桌。

「我終於找出空檔前來拜訪，真是不容易哪。學校裡發生了一些很棘手的狀況。各種跡象都顯示，尼克似乎是主導者。」

尼克的爸媽正襟危坐，仔細聆聽校長娓娓訴說整件事的來龍去脈，包括尼克鼓吹其他同學亂用他發明的新字、葛蘭潔老師發布的禁止令、五年級學生在拍照時搗蛋、幾百個學生留校察看，而且感覺上學校裡瀰漫著一股造反的氣氛，好像再也沒有人要遵守學校的規定了。

查塔姆校長吱吱喳喳講述整個經過時，尼克看著爸媽。他先看看媽媽，再轉頭看看爸爸。爸爸聽得很專心，不時點點頭，皺著眉。聽到學校裡發生的騷動，他似乎感到很慚愧的樣子。但是尼克的媽媽看起來……看起來好像有點困惑。

等到校長終於講完整個過程，尼克的媽媽率先發言：「這些小孩子還挺無聊的，但是整件事的發展有點太小題大作了吧？」

尼克坐著，不發一語，但是他在腦袋裡忍不住大叫：「媽媽萬歲！全天下的媽媽統統萬歲！」尼克的媽媽沒有怪他！她反倒怪起葛蘭潔老師，甚至對查塔姆校長很不滿意。情勢越來越刺激了。

不過媽媽還沒說完，她繼續對校長說：「我的意思是，學生胡亂捏造一個怪字，而且說個不停，這會造成什麼傷害嗎？真的需要訂定一個規則，要求學生不准使用這個字嗎？」

查塔姆校長嘆了一口氣說：「沒錯，我也覺得滿無聊的，不過葛蘭潔老師認為，這有點像是教導小朋友說話要有規矩，不能隨便說『ain't』，必須說標準用語『am not』或『are not』或『is not』才行，所以我們才需要字典啊。而且說實在的，問題不只是用什麼字而已，更嚴重的是他們對權威與專家缺乏尊重。」

艾倫先生開口了：「關於這點，葛蘭潔老師沒有錯，應該要使用標準用法。總不能讓小孩子到處亂說『ain't』，對吧？」

這時候尼克忍不住插嘴：「你們都知道葛蘭潔老師那本超級大

字典吧？那本字典裡面就有『ain't』這個字。我查過，真的有這個字喔。如果是字典裡面有的字，為什麼不能用呢？我真的不懂。連葛蘭潔老師都說，她那本大字典就是法律。」尼克的眼光從這張臉掃到那張臉，再看下一張臉。這番話讓他們全都啞口無言。尼克心想，這下子他丟出一顆超級的「思想手榴彈」啦。

「呃，話是沒錯……可是……這個嘛，就像我之前說的，不管是『ain't』還是『frindle』，這些字都不是今天要討論的重點。」校長連忙說。

艾倫太太接著說：「好吧，我想真正的重點是這樣的，其實那只是個無傷大雅的英文小實驗，而葛蘭潔老師有點反應過度了。爸爸，你覺得是不是這樣呢？」艾倫太太轉頭看著她丈夫。

這次輪到艾倫先生的眼光從這張臉掃到那張臉，再看下一張臉。他有點搞糊塗了。「也對啦，當然是這樣沒錯……呃，我猜呢……我的意思是說，看起來沒有人會受到傷害吧……唔……我是說，這情形不像破壞公物、偷東西之類的壞事嘛……」他一句話說得結結巴巴，然後用手搓著下巴，眼神則飄向校長身後的窗戶，看著窗外陷入沉思。

正當三個大人坐在椅子上不發一語、侷促不安時，尼克突然有種感覺，他終於搞清楚現在是什麼情況。這情勢根本就是西洋棋賽的高手對決嘛，尼克大戰葛蘭潔老師！葛蘭潔老師正打算用棋盤上的「皇后」將尼克一軍，好立刻結束棋賽。她這次派出的是「黑皇后」，正是眼前身穿黑色風衣的查塔姆校長！

對方的攻勢益發凌厲，而在此之前，尼克一直沒有意識到這一點。不過沒關係，他這一邊擁有威力強大的防守後衛——當然是他那偉大的老媽啦，她可是「白皇后」呢！所以棋賽還沒結束，比賽會持續進行，直到雙方分出高下，產生勝利者和失敗者為止。

校長後來沒有待太久。接下來，棋盤兩側的對戰雙方只戰了幾回合，談到孩子們有權利開創新點子，談到尊重老師以及老師這工作的重要性，談到每個人都必須遵守學校的規定，讓學校成為大家安心學習的地方等等。

然後，艾倫太太請校長吃一點香蕉蛋糕和咖啡，不過校長說：「喔，不用了，謝謝，我現在真的得走了。」

她向尼克的爸媽道謝，他們也感謝校長親自前來拜訪。尼克幫忙打開大門，並對校長說：「校長晚安。」於是，黑皇后再次圍上紅絲巾，走出門外，隱身在十月暮色中。

「尼克啊，我覺得我們最好稍微談一下。」尼克的媽媽一邊說著，一邊坐回到沙發上。「如果讓我發現你對葛蘭潔老師或學校裡其他老師不禮貌的話，你的日子就不好過了。」

「我沒有不禮貌，絕對沒騙你。好吧，我確實發動所有同學開始用我發明的字，可是就像你說的，這又沒有傷害到任何人。不過呢，說到我和戴夫以及皮特發動大家向葛蘭潔老師借frindle，這個我要道歉。我的意思是說，我以為……可是葛蘭潔老師先開始罰大家留校察看啊，他們只不過說了一次我那個字，她就叫大家罰寫句子一百次。所有同學都很愛我發明的字，大家覺得太好玩了，就只是這樣而已。」

「這個嘛，」尼克的爸爸說：「如果弄到有人覺得很不高興，還勞駕校長跑來找我和你媽媽談話，這就表示並非所有人都覺得很好玩，對吧？我覺得你應該跟你所有朋友說一切到此為止，現在立刻就去……呃，我是說明天就去。」

尼克的頭搖得像波浪鼓一樣。「不行啦，爸，停不下來了，現在那個字已經變成真正的字了。以前只有我用，不過現在不一樣。如果知道該怎麼阻止，我一定會阻止大家，可是我根本不知道該怎麼辦。」尼克停下來，觀察一下他爸媽的表情，看看他們到底聽懂了沒。看起來應該是懂了。「就像我說的，我以後絕對不會對老師不禮貌，可是我真的很喜歡自己的新發明。照我看來，現在只能靜觀其變了。」

此時此刻，尼克手上的棋子，也就是他的國王和皇后，顯然不得不同意他的看法了。

棋賽還是會繼續進行下去。

10 新聞自由

茱蒂・摩根是本地報紙《西田報》的記者。西田鎮是個非常迷你的小鎮，這裡很少聽說發生竊盜案，有時候青少年會喧鬧一下，連鎮民代表會或小鎮發展委員會也偶爾才傳出意見不合的吼叫聲。多半時候，西田鎮保持一派的平靜與和諧氣氛，這從每週四發行的《西田報》看得再清楚不過了。

泰德・貝爾先生是報社的廣告業務員，他的女兒就讀林肯小學四年級。他向茱蒂・摩根爆料說，學校裡有一群五年級學生正在亂搗蛋，那些學生不肯聽從老師的規定，好像和他們堅持使用某種「神秘代號」有關。到了上個禮拜，光是一天就有半數的學生留校察看，連他女兒也不能倖免。

那一天，茱蒂剛好沒什麼新聞可寫，只有一則大東街即將沿街種下十八棵新樹苗的消息。種樹的消息可以慢點寫沒關係，聽起來小學這件事比較像新聞事件。

那是在查塔姆校長到尼克家做家庭訪問的隔天，下午三點，茱蒂神不知鬼不覺出現在林肯小學。校門口有一塊牌子寫著：「所有訪客必須先到學校辦公室登記。」茱蒂乖乖照辦。

茱蒂先瀏覽一下辦公室外面的布告欄，上面有一張葛蘭潔老師張貼的公告，公告上寫說亂用「frindle」的人要接受懲罰。茱蒂後退了兩步，舉起相機，對準那張公告，「喀擦」一聲按下快門。她又重新把那張公告的內容讀了一次，這才走入辦公室。

門口坐著學校秘書佛瑞德太太，她抬起頭，露出微笑。「我可以為您效勞嗎？」

「啊，您一定幫得上忙。我的名字叫做茱蒂・摩根，我在《西田報》工作。我想知道辦公室外面的公告究竟是怎麼一回事，就是關於『frindle』那張公告。請問我該問哪一位呢？」

佛瑞德太太的臉上立刻失去笑容。和那個字有關的事，已經讓她又累又煩。過去整整一個禮拜，她的電話一直響個不停，幾乎從沒斷過，要不是某個家長抱怨她的小孩留校察看，不然就是學校董事會有某人拼命要找到查塔姆校長或葛蘭潔老師。這時，佛瑞德太太噘起嘴唇、瞇著眼睛說：「你可以和查塔姆校長談一談。我來看看她有沒有空。」

她有空。對於一個校長來說，一聽到本地報社派人來訪，只要她還活著，就算是硬擠也得擠出時間和記者碰個面。於是，查塔姆校長趕緊邀請記者進入校長室。

過沒多久茱蒂便發現，校長一談到那件事，整個人就顯得很不自在。她向校長詢問辦公室外面的公告是怎麼一回事，查塔姆校長堆起笑容說：「喔，你說那個啊？那真的沒什麼啦。之前有些小朋友亂搗蛋，我們得適時阻止，就是這樣。」

校長呵呵笑著，聽在茱蒂耳裡，那笑聲顯得有點做作。「這樣啊。那麼，那張告示有沒有讓小朋友不再亂搗蛋呢？我聽說上星期有好多小朋友留校察看，您可以稍微透露一點情況嗎？很多父母想知道學校裡到底發生了什麼事。」

查塔姆校長整個人看起來……呃，看起來很像被叫到校長室的學生。她坐在椅子上，有點坐立不安，努力想擠出一抹微笑。最後她終於開口說：「這個嘛，我們確實碰到一點問題，不過一切都在我們的掌控之中。葛蘭潔老師或許有一點點反應過度，不過在我看來，小朋友並不是故意要對老師不禮貌，他們只是覺得好玩而已，比較像是在表達不同的意見……」接下來，校長對記者說明她所知道的「frindle」究竟是什麼，以及小朋友怎麼讓這個字變得如此熱門。茱蒂・摩根仔細做著筆記。

等到校長終於說完了，茱蒂說：「我想請教葛蘭潔老師幾個問題，不曉得您介不介意？」

校長連忙說：「喔，一點都不介意！」可是茱蒂看得出來，校長打從心底希望她最好立刻離開，然而校長又能說什麼呢？校長根本沒辦法阻止記者接近葛蘭潔老師，因為不管怎麼說，這是個擁有新聞自由的自由國家啊。如果茱蒂真想和葛蘭潔老師談話，絕對只是遲早的問題。

結果這場談話來得還真快。三分鐘後，茱蒂・摩根便站在第十二號教室門口，探頭尋找葛蘭潔老師的身影。大約有十五位同學分散坐在教室中，每個人都忙著寫他們的一百個句子。茱蒂伸手敲敲門，引得老師和同學全都抬起頭來看。「葛蘭潔老師您好，我是《西田報》的記者茱蒂・摩根。請問我能跟您說幾句話嗎？」

葛蘭潔老師站起身，來到走廊上，並順手把門關起來。茱蒂還是可以看到葛蘭潔老師背後的情形，她發現教室裡每一個同學都拼命想偷聽。這時候，茱蒂馬上就注意到葛蘭潔老師的眼睛——灰色眼珠，也許略帶一點點金色，眼神非常銳利，但不能算是冷酷無情或卑鄙小氣。其實她的眼神十分明亮開朗，而且堅決有力。

這位記者廢話不多說，立刻就發問：「是這樣的，我聽說您打算阻止學生用他們發明的新字。關於這場戰役，您認為接下來會如何發展呢？」

葛蘭潔老師面無表情，但她的眼神更為明亮了。「首先我要說明的是，這不是一場戰役。這種愚蠢的舉動應該停止，我只是想讓我的學生明白這件事。他們真是太浪費時間和頭腦了！發明沒用的新字實在完全沒道理，他們應該好好學習目前已經有的字，這樣才對。不過當然啦，目前的發展可以說是一種無謂的流行，遲早會結束。我預測這股潮流一定會消失。」

茱蒂本來低頭寫筆記，這時她抬起頭，再次詢問：「這整件事到底是怎麼發生的？」

聽到這個問題，葛蘭潔老師的雙眼似乎都快著火了，而她這樣回答：「嗯，我非常清楚這整件事發生的經過。這是一個年輕人想出來的點子，他是個五年級學生，名叫尼克・艾倫。好了，摩根小姐，現在請容我說聲抱歉，我得去批改考卷了。」接下來是一陣短暫而有力的握手，葛蘭潔老師結束了這場訪談。

不過記者小姐並沒有馬上離開，她沿著走廊往回走，坐在學校辦公室外面的長凳上，她在這裡可以好好瀏覽一下剛才做的筆記，釐清整件事的來龍去脈。這總共花了她五分鐘。接著茱蒂站起身，把筆記本丟進她的黑色大包包裡，還向皺著眉頭的佛瑞德太太揮手說再見，然後便朝向校門口走去。

她走到停車場時，正好有五、六個小朋友從另一個門口出來，他們剛剛寫完葛蘭潔老師規定的一百個句子。茱蒂走到那些孩子附近，傾聽他們的笑聲與閒扯淡。她忍不住開口問：「你們為什麼要一直說『frindle』呢？難道你們不討厭留校察看嗎？」

有個男生背著超級重的書包，一個踉蹌差點跌倒，他抬頭看看茱蒂，笑了起來。「其實沒那麼糟啦，每次都有一大群好朋友陪著我啊。到今天為止，我已經寫那個句子寫了六百遍喔！」

接著其他同學還說，其實葛蘭潔老師根本沒檢查他們罰寫的句子。這絕對不是隨便說說的，因為本來應該要寫「我用 pen 罰寫這個句子」，不過所有人每隔四到五句就會寫上 frindle，但是葛蘭潔老師從頭到尾都沒有說什麼。有個女生甚至得意洋洋地說，她今天在罰寫紙上寫了四十五次 frindle，她還很開心地笑著說：「這可是新紀錄呢！」

「那麼，說到這個叫作尼克的男生，」茱蒂問大家：「他也得留校察看嗎？」

這群學生嘻嘻哈哈笑個不停。有位高個子、紅棕色頭髮的男生說：「葛蘭潔老師叫他留校察看的次數實在太多了，多到每個人都覺得老師想要收養他！」

記者也笑了，並對他說：「這樣啊，那你可不可以幫我找到尼克，我今天下午想跟他聊一聊，好嗎？」

那個男生看了茱蒂一會兒，然後才說：「你說現在嗎？我覺得尼克應該不想跟你聊。他可能會說一些很白痴的話，害他變得更慘。」接著，那男生轉頭對他的朋友嘻嘻笑，他們全都爆笑起來，先是又打又鬧，然後突然間全部一溜煙跑得不見人影。茱蒂取了車，開車回到她的辦公室，埋首在桌前振筆疾書。

隔天早上，《西田報》辦公室收到一個棕色信封，信封上寫著「茱蒂・摩根小姐　收」，在她的名字下方還寫著「frindle的來龍去脈」。茱蒂打開信封，裡面有一張林肯小學五年級的班級合照。葛蘭潔老師和另外六位老師站在最後一排，前面的小朋友個個衣著整齊，頭髮也都梳得服服貼貼。不過，這張照片怎麼看都有某個地方怪怪的。

茱蒂仔細看照片，這才發現原來每個小朋友都握著一枝筆，而且每張小嘴全部嘟成同一個樣子。她狐疑了好一陣子，過沒多久才輕聲說道：「那是當然的！他們全部一起說『frindle』嘛！」

翻到照片背面，還有一行整整齊齊的字，寫著「第三排，左邊算來第五位」。

茱蒂看著照片，那裡有個咧嘴笑開、戴著眼鏡的紅髮男孩，正是昨天在學校停車場跟她講話的那個男孩！她忍不住在心裡偷笑，輕輕說著：「呵，呵，呵！很高興認識你啊，尼克・艾倫先生！」

11 號外！號外！

星期四早上，《西田報》悉數派送到西田鎮的一萬兩千兩百九十七戶人家以及郵政信箱裡。這天的頭條新聞赫然是林肯小學的報導。標題是怎麼下的呢？

本地五年級學生說：

「韋氏字典請讓開！」

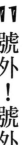

這篇報導非常出人意表。並非茱蒂・摩根沒有據實報導，受訪對象所說的每一段話都是有憑有據；其實是茱蒂為了描述西田鎮雞飛狗跳的真正原因，採取很特別的報導方式。

譬如說，她用這樣的句子描述葛蘭潔老師：「葛蘭潔老師大力鼓吹秩序與權威的力量，她與數百位年輕的『frindle鬥士』展開一場殊死戰。目前對戰雙方都還沒有讓步。」

再來看看描述尼克這句：「每個人都向我表示，尼克・艾倫在幕後操控這個秘密計劃，並將整個議題拉高到言論自由和學術理論的層次，這種做法相當高明。尼克正是發明新字的男孩。」

還有，整篇報導的最後一句是：「這是我們無法否認的：林肯小學的學生非常熱愛他們的『frindle』，在這場文字大戰中，他們至今還沒有撤退的跡象。」

《西田報》當然也刊出那張五年級大合照，圖片說明還特別指出葛蘭潔老師和尼克，這下子他們可是舉世聞名啦。

「這到底是什麼意思啊？」這是尼克媽媽的反應，尼克剛從學校放學回家，她就把那篇報導推到尼克鼻尖前。「那個記者是不是找你說過話？年輕人，看來她對你和你的新字了解得還真多呢！」

「這到底是什麼意思啊？」這是督學的反應，他拿著一份報導的影印本跑去找查塔姆校長，「啪！」的一聲摔在校長桌上。「你為什麼一定要跟記者講這些呢？經營學校用的都是納稅人的錢，即使沒有這種讓全鎮的納稅人雞飛狗跳的報導，我們現在的麻煩也已經夠多了！難道你不曉得嗎？」

「這到底是什麼意思啊？」這是校長的反應，校長跑去找葛蘭潔老師，拿著一份報紙在她面前揮來揮去。「我知道你得跟那記者談一談，可是你非得把事情全部抖出來嗎？如果我們都沒有被炒魷魚，太陽就要從西邊出來了！」

對每個人來說，這個星期四非常出人意表。而且，茱蒂・摩根究竟是怎麼拿到那張五年級的大合照呢？沒人猜得出箇中緣由。

12 無遠弗屆的電波

《西田報》的報導刊出後不到一星期，連國中和高中學生也都不再用「pen」這個字，而開始frindle、frindle喊個不停。大家都愛死它了。

尼克頓時成為全鎮學生心目中的大英雄。不過他很快就發現，當個大英雄可不像免費搭便車那麼簡單，即使他只是本地的大英雄也一樣。當個大英雄是要付出代價的。

不管是要走進爸爸開的五金行，或者想在佩妮・潘區太太的商店前排隊買巧克力棒，別人都會多看他一眼。他總是察覺到有人認出他，這讓他感到既害羞又尷尬。

而在學校裡，所有學生認為他無論何時都應該聰明又幽默，即使比他聰明很多的學生也這麼想，但他們未免想太多了吧。另一方面，他似乎逃不過每一位老師的法眼，甚至辦公室秘書、校長、保健室護士和警衛伯伯的目光都在他身上滴溜溜地轉。

至於尼克的爸媽，他們真是全天下最棒的爸媽了。說真的，那篇報導剛刊出來的時候，尼克的媽媽確實很不高興，他爸爸也差不多。那時候尼克對他們說：「可是媽媽，我完全沒有做錯事啊，而且報社派來的那位小姐也沒有做錯事。」尼克的爸媽很明理，他們明白尼克說得沒錯。報導裡寫的都是實情，而事實就是事實，現在做什麼也沒用。一旦換個角度想，他們就放寬心了，即使兒子已經變成全鎮的話題，心裡難免有些不安，但畢竟發明新字不是每天都有的事，這簡直酷斃了。他們的尼克真是好漢一條，一點都沒有退縮的樣子。

鎮上也有人認為這個新字真是酷斃了。巴德・羅倫斯一輩子都住在西田鎮，他年紀輕輕就賺了不少錢，年僅十九歲便存下足夠的資金，準備投資做生意。他到處尋找值得投資的妙點子，結果他買下全美國第一家「皇后牛奶冰淇淋」，現在這已是風靡全世界的冰淇淋品牌。過沒幾年，他又買下一家麥當勞門市。三十多年來，這兩家餐廳讓巴德荷包滿滿，他也成為西田鎮的意見領袖之一。

巴德・羅倫斯當然看到關於新字的報導，他立刻連絡律師，請律師針對「frindle」整理出初步的商標申請文件。四天內，他已經成立一家小公司，開始推出物美價廉的塑膠原子筆，最特別的是每枝筆上都印有「frindle」字樣。產品上市不過一個星期，他就賣出三千枝 frindle，銷售速度之快，讓 frindle 嚴重缺貨，你去西田鎮任何一間商店都買不到。不過，接下來情勢變化的速度也和銷售速度一樣快。小朋友再也不買 frindle 了，他們很快便失去興趣。銷售量急遽下跌，巴德開始思考其他的產品。

再過一個星期就是萬聖節，秋葉紛飛，西田鎮的風波似乎即將沉寂下來。

也許遲早會沉寂下來，如果沒有愛莉・盧德森插上一腳的話。愛莉住在貝瑟利鎮，那裡與西田鎮相距大約十公里，平時她在卡林頓鎮的哥倫比亞廣播公司電視台兼職工作。卡林頓鎮是個人口七萬五千五百人的大城鎮。

一旦發生重要的地方新聞，例如洪水、龍捲風之類的天災，或者偶爾挖掘出可愛或特殊的趣味小故事，愛莉就會打電話通知卡林頓的地方新聞部經理。如果那確實是值得報導的題材，或者當天剛好全世界都沒發生什麼特殊事件，地方電視台便會派出一個攝影小組，一行人搭著廂型車出機採訪。

附近地區有許多小鎮，愛莉向來會把這些小鎮的地方報全數訂齊，以便隨時追蹤各地發生的新聞。大多數地方報的發行日都是星期四，送到她家裡的時間則大約是下星期一或星期二，於是她會花一到兩天時間全部瀏覽一次。到了星期三早晨，愛莉終於看到《西田報》關於文字大戰那一則報導了。她從頭到尾看了兩次，也仔細研究了那張大合照。她心裡發出「噹！」的一聲，這則新聞絕對可以拿金牌！

卡林頓的地方新聞部經理也很贊同她的看法。經理打電話到哥倫比亞廣播公司的波士頓辦公室，因為波士頓有時候會從卡林頓新聞室選取一些新聞題材。波士頓負責的女士認為這則新聞確實很有爆點，於是打電話給紐約總部全國聯播新聞的編輯。

等到《西田報》那篇報導傳真到紐約總部，工作人員全都愛死了，他們趕緊查詢當週的節目表，決定放在隔天星期四的晚間新聞時段，這絕對是最棒的壓軸新聞。一連串電話指令由紐約傳到波士頓到卡林頓再到貝瑟利鎮，於是在星期三的中午，愛莉接獲了「行動！」的指令，請她前去採訪整個故事。這是她第一次有機會登上全國新聞網，預計會有兩千萬名觀眾守在電視機前面！

星期三放學後，愛莉和她的攝影小組站在葛蘭潔老師辦公室的門口。葛蘭潔老師似乎完全沒有被眼前的燈光和麥克風嚇到，她直視著攝影機說：「我一直都認為，要教育年輕人的心智，字典絕對是最好的工具，直到現在我還是這樣認為。孩子們必須了解文字和語言是有規則可循的，那些規則都有漫長悠久的歷史，也絕對合情合理。如果有人硬要說，一個完美優雅的英文字可以用愚蠢的新字取而代之，而且純粹只是為了好玩，這樣的事情，我絕對不會冷眼旁觀，坐視不管。」

「那麼請問葛蘭潔老師，您已經輸掉這場戰役了嗎？」

葛蘭潔老師依然直視攝影機，但她的雙眼火力全開，配上一抹蒼白的微笑：「事情還沒結束。」

接著，愛莉・盧德森和攝影小組出現在尼克家門口，他們一家人已經恭候多時。媽媽和爸爸都坐在沙發上，尼克則坐在他們中間。攝影機的燈光非常刺眼，尼克忍不住瞇起眼睛。剛才媽媽已經跟他約法三章，要求他哪些話可以說、哪些不能說。「年輕人，你要好好記住啊，」媽媽一邊幫他梳齊頭髮，一邊說著：「這些記者只想收集一些速成新聞，只要能夠引發觀眾的興趣就好，可是你還要待在這裡，還要住在這個小鎮啊，所以你一定要謹言慎行，知道了嗎？」

他們在沙發上坐好，不過咖啡桌底下暗藏玄機。艾倫太太偷偷把腳放在尼克的腳上，只要她往下踩，就表示記者問的這個問題由她來回答。艾倫太太一點都不相信記者。

「來吧，尼克，說說看，你為什麼要創造出『frindle』這個新字？」愛莉問道。

尼克吸了一口氣，然後說：「是這樣的，我的老師葛蘭潔說過，字典裡面所有的字都是人們創造出來的，而那些字為什麼代表那些意思呢？都是因為我們說了算。於是我就想，如果能創造一個新字，實驗看看老師說的到底對不對，那樣應該會很好玩。」

「結果葛蘭潔老師抓狂了，你會不會覺得很驚訝？」愛莉滿臉笑容問他。

尼克的腳被踩了一下，媽媽說話了：「我們從來沒有覺得葛蘭潔老師很生氣。每個人都開始說『frindle』之後，她只是覺得很傷腦筋，就這樣而已。她絕對是個好老師。」

「沒錯！」尼克說。「我的意思是說，像我就學到很多和文字有關的知識，如果沒有葛蘭潔老師，我一定不會學到那麼多。」

「那麼，接下來你覺得那個新字會怎樣發展呢？」愛莉依然全神貫注，不肯輕易放過他們。她看得出來，尼克和爸媽同聲一氣，不會說出相互矛盾的意見，於是她盡可能讓氣氛保持輕鬆愉快。

「關於這個嘛，」尼克說：「我覺得很好玩，因為就算這個字是我發明的，它再也不專屬我一個人。現在看來，『frindle』已經變成是大家的了，而以後究竟會怎樣呢？我想這會由大家一起來決定吧。」

愛莉也和愁容滿面的查塔姆校長稍微談了一下，還有笑容可掬的巴德・羅倫斯，他是實體 frindle 的製造商。接著她又錄製了報導的開場白和結語，然後攝影小組便結束工作，開車回到卡林頓鎮，整理編輯所有採訪段落，最後剪輯成兩分鐘的新聞報導。

隔天晚上，哥倫比亞廣播公司的晚間新聞正式登場，等到所有關於戰爭、石油價格、全球食物供應情形之類的嚴肅話題全都談得差不多，這時主播先生調整了一下坐姿，直視著攝影機，露出了一抹微笑。

他對觀眾說：「相信很多人都知道，『quiz』（測驗）這個字是在一七九一年創造出來的，發明人是一位愛爾蘭都柏林的劇院經理，名叫戴利。當時他跟某人打賭說他可以發明新的英文字，而且他要在城裡每一面牆、每一棟大樓都用粉筆寫上『quiz』這四個英文字母。到了隔天早上，果不其然，到處都可以看到這個字，接下來不到一個星期之內，全愛爾蘭的人都很想知道這個字到底是什麼意思。一個新字就這樣誕生了！像這樣一個英文字，由一個人獨自發明，而且沒有特殊理由，『quiz』可說是有史以來唯一的一個字，而且一直使用到現在。但現在又有一個新的字創造出來了，就是『frindle』。接下來由記者愛莉・盧德森在新罕布夏州的西田鎮為您報導。」

愛莉出現在螢幕上，她先做了一段開場介紹。接下來，就在那小小的電視螢幕上，葛蘭潔老師、尼克、巴德和尼克的媽媽一一現

Frindle
Frindle
Frindle
Frindle

身，他們對著電視機前面的兩千萬名觀眾說明何謂「frindle」。

在這兩千萬名觀眾之中，有一位是知名脫口秀節目《大衛賴特曼之午夜漫談》的製作人。兩千萬名觀眾中，另外有一位是《時人》雜誌的撰述委員，還有一位是幫兒童雜誌《三二一，接觸！》寫稿的作家。數十位各路作家、電視節目製作人和行銷企劃都在晚間新聞看到這則報導，他們全都從中嗅到「好新聞」的氣息。

隨後的三個星期，這個古怪有趣的新字在全國男女老少之間口耳相傳，小孩子再也不說「pen」了，從俄亥俄州到愛荷華州到紐約州再到德州，所有小朋友全部開始用「frindle」。

各方訂單也如潮水般湧向巴德・羅倫斯，大家都想訂購印有「frindle」字樣的東西，不管什麼都好，於是他又對這門生意重新燃起興趣。不過這下子麻煩可大了。

巴德的律師提醒他：「你看到那邊一大疊訂單了吧？真麻煩，那正是傷腦筋的來源。我們已經提出商標申請，不過那只能算是一份申請書。現在全國都知道那小子才是發明這個字的人，除非你和他爸爸達成協議，否則只能入寶庫卻空手而返，說不定還會惹上一場賠償金額高到破表的官司。那小子擁有那個字。」

中午時分，尼克的爸爸回家吃午飯，艾倫太太請他回電話給巴德・羅倫斯。「好像跟那個新字有關。」

對尼克的爸爸湯姆・艾倫來說，這可不是什麼好消息，他對這陣子的混亂情勢感到又煩又累。為了最近發生的一連串無厘頭事件，他常常沒辦法兼顧自己五金行的生意，例如已經好幾個禮拜沒有處理文件，現在要是能及時處理耶誕節的訂單就謝天謝地了。

雖然他很不想和這件事再有任何瓜葛，但他與巴德是多年老友。於是吃過午飯回到五金行的路上，他先繞到巴德的辦公室。

「嘿，湯姆，看到你真高興。」巴德一邊說著，連忙站起身，繞過桌子，走上前來握手。「請坐請坐。」湯姆坐下來，渾身不自在，巴德則拉了另一張椅子過來。「在西田鎮住了一輩子，從沒看過鎮上搞得這麼雞飛狗跳吧？你和你老婆金妮想必對……呃，這麼棒的兒子……感到很光榮吧！」其實巴德壓根兒忘了尼克的名字。

湯姆在椅子上扭了扭，點點頭。「也對啦，他還滿不錯的，好得沒話說。不過巴德啊，我跟你說，我還比較希望所有的事情立刻煙消雲散、息事寧人。大家根本是小題大作嘛！」

就在此時，電光火石一閃，巴德終於懂了，他知道該怎麼做才能得到他想要的。「哎呀，湯姆，我看這恐怕很難煙消雲散啦，事實上看起來情勢大好，大家都很感興趣啊。你可能早就看過一種亮紅色的原子筆，鎮上到處都有，那上面印著『frindle』對吧？那是我做的啦，只是想先測試一下接受度。不過呢，你家那小子才擁有那個字。好幾個星期前，我已經請我的律師先去申請註冊商標，因為這完完全全是我最有興趣做的事。新東西不斷出現，我最喜歡在裡面參一腳了。」他對湯姆開懷大笑，但湯姆只回以虛弱的微笑。

「不瞞你說，我已經在麻州買了一台T恤印製機，還有芝加哥和洛杉磯的機器也都買好了，我可以在T恤正面印上『frindle』，下面的圖案是一枝筆……喔，我是說一枝 frindle 啦。目前所有的供應商都來訂貨了，總共超過兩萬件T恤喔。我看看，每件T恤的利潤差不多是兩塊美金，也許可以到三塊……還有，我正在跟香港和日本的大型文具公司談生意，嘿嘿，那就真的能賺到一大筆錢了。他們已經在媒體上看到 frindle 這玩意兒，馬上就想來談商標使用權，打算為小孩子開發全系列的 frindle 文具商品。我可不是小孩子開開玩笑而已，這絕對是超級熱門的大生意！」

巴德猜得沒錯，這一大堆想法只讓湯姆更加不自在，坐在椅子上不斷往後縮。對他來說，這一切複雜到難以消受的地步。

「哎喲，湯姆，別緊張，我來幫你分析一下。你是兒子的監護人，當然要為這整件事作最好的決定，我也很想知道事情到最後會如何發展。所以呢，我打算冒一點風險，投入一點錢，看看會變成什麼樣子。可是我必須得到你的同意。我需要你在這些商標申請文件上面簽名，也需要跟你談好條件，我才能合法使用這個商標，你懂嗎？我知道啦，你覺得這簡直是一個字掀起一陣大浪，可是除非我們主動採取一些作法，否則永遠也不曉得以後會變成怎麼樣，對吧？」巴德伸手指了指桌上的文件。「那是一份合約，條件很公平也很實在，你的兒子可以拿到所有利潤的百分之三十。這絕對合乎行情，對這類合約來說甚至算是相當優厚。好吧，說了這麼多，你覺得如何？很合理吧？讓我來把所有的混亂情勢全部搞定，說不定以後的發展不會太差啊。」桌上躺著那些文件和一枝筆，就放在湯姆旁邊。

湯姆看看巴德，然後伸出手，拿起那枝筆，在兩份商標申請文件上面簽了名，然後是三份授權合約。「巴德啊，我沒什麼理由懷疑你，我也實在不想自己處理這堆麻煩事。這樣就可以了嗎？」他一邊問，一邊從椅子站起來。

「唔，湯姆，再一下就好，還有這裡。」這時，巴德拿了一張支票遞給尼克的爸爸，面額有兩千兩百五十美元。

「這是要做什麼用的？」

「這個是我欠尼克的錢，是frindle上市後三個星期的銷售分紅。」巴德向湯姆解釋，笑得很開心。

湯姆滿臉驚訝，他看著支票說：「哇，巴德，這實在太棒了，我真的很高興，因為這可以當作尼克的大學基金。不過我先跟你說好，這件事只有你知我知。如果尼克知道這件事，他恐怕再也不會去割草打工，我也叫不動他一分一毫的小錢都要存起來。所以只有你知我知，可以嗎？」

巴德說：「哎呀，湯姆，當然沒問題啦，我完全了解。只有你知我知！」於是兩人握手成交。

艾倫先生離開巴德的辦公室，越過馬路走到對街，那裡有一間銀行。他為尼克開了一個信託帳戶。銀行經理說，他可以幫忙與巴德‧羅倫斯先生聯繫，於是以後的款項都可以自動匯入銀行戶頭。

這聽起來不錯啊，艾倫先生覺得。如果他可以從此不用再管這件事，當然再好不過了。

走出銀行後，尼克的爸爸慢慢晃回五金行。他心裡不免揣想，這裡還會回到從前那個寧靜小鎮的模樣嗎？

13 餘波蕩漾

然而，西田鎮的生活終究慢慢恢復正常。更多的秋葉從樹上颯颯飄落，感恩節到來，然後是今年冬天的初雪，接著耶誕節，又下了更多雪。秋天和冬天似乎能讓所有事情冷靜下來，讓所有人乖乖回到自己的家。

林肯小學的氣氛更加平靜，「frindle」引發的熱潮終於告一段落。但這不表示「那個字」就此消失。完全不是這麼一回事。

事實上，所有的學生和幾位老師一直用著這個新字。剛開始確實是故意的，然後變成習慣，到了二月中旬，「frindle」就只是一個字，跟門啊、樹啊、帽子啊沒兩樣。西田鎮的居民也視為理所當然，再也沒有人會特別去注意。

但在全國的其他地方，情勢持續發酵，「frindle」如潮湧般傳到各個地方，傳到數百個小鎮和大都市。從東岸傳到西岸，數不清的學生唸著新字，更多的父母和老師忙著阻止。就這樣，「西田舊事」一而再、再而三不斷重演。

巴德・羅倫斯簡直樂翻了，他陸續推出 frindle 襯衫、frindle 太陽眼鏡、frindle 橡皮擦、frindle 筆記本、frindle 紙和幾十種產品。全新系列的 frindle 文具也從日本隆重進口，隨即引發熱潮，連日本和歐洲都打算趁熱上市。同一時間，匯進尼克信託帳戶的支票金額也越來越大。

巴德更在西田鎮開設一間工廠專門生產棒球帽，為小鎮創造了二十二個工作機會。到了三月，鎮民代表會舉行一項投票表決，決議要在三〇二號公路的鎮名招牌下方掛上一塊小招牌，上面寫著「frindle的故鄉」。

至於葛蘭潔老師怎麼樣了？她似乎已經舉白旗投降，也或許是有人請她自動放棄吧，沒有人知道詳情。她貼在布告欄上的「文字禁用令」早已悄悄地消失無蹤，學生再也不用留校察看罰寫句子了。一切似乎回歸正常。

只有一件事除外。

每個星期，五年級都有拼字測驗，如今每一位同學至少會寫錯一個字。每一個星期，葛蘭潔老師都把「pen」這個字列為拼字測驗的第一題。而每個星期五考試時，所有同學都會不約而同在這一題寫上「frindle」。

有一陣子，尼克確實是所謂的「名人」，大家看他上遍各大節目，像是《午夜漫談》、《早安美國》，還有其他兩、三個電視節目。約翰、庫斯和其他朋友老愛纏著他，問他坐上大禮車的感覺究竟怎麼樣？然而過了一、兩個星期，新聞成了舊聞，大家似乎說忘就忘，繼續過著眼前的日子。

只有一個人無法說忘就忘。那個人是尼克。

14 尼克的內心深處

就外表來說，尼克還是原來的尼克，但他的內心深處就完全不一樣了。當然啦，他依然有很多鬼點子，但事到如今，這些鬼點子反而令他有點退縮。

舉例來說，尼克在社會課學到「購買東西的人」稱為「消費者」。如果消費者不再買東西了，不管小店、大店或餐廳，統統都會倒閉歇業。

如果是這樣的話——「轟」的一聲——他又冒出一個新點子。

所有學生最喜歡午餐時間了，但午餐最慘的部分就是「吃東西」，問題出在學校供應的食物。那些食物從來不會讓你有意想不到的驚喜，整個早上你都會聞到廚房傳來食物的味道，然後時間一到就去吃。而且從來沒有好吃過。

於是尼克心想，學生餐廳不也是一種餐廳？學生不就是消費者嗎？而我們不一定要在那裡買午餐，對吧？

尼克在心中描繪未來的景況：他要發動全校學生每天都從家裡帶便當來學校，逼使負責煮午餐的廚師媽媽把東西變好吃為止。他敢說，那些廚師媽媽在自己家裡絕對不會煮出那樣的東西。每個學生都是口袋裡躺著一塊三毛五的消費者，除非食物變好吃，否則那一塊三毛五應該繼續躺在每個人的口袋裡。

真是個好主意！尼克敢拍胸脯保證這主意一定成功，他光是用想的就覺得很興奮。

但興奮了沒多久，尼克隨即想起「frindle 事件」，這讓他徹底打消剛冒出來的念頭。他絕對敢拍胸脯保證，只要全校學生都不在學校買午餐，遲早有人會想到這必定是尼克・艾倫搞的鬼，於是他又會惹上大麻煩。人們可能又把事情寫到報紙上，校長又要打電話給他爸媽……一切的一切又會捲土重來。

最後，這輩子頭一遭，尼克暗自決定，這個超級妙點子只有他一個人知道就好了，甚至連跟他最要好的約翰和庫斯都不知情。

正是這個決定，讓尼克變得和以前的他完全不一樣了。

尼克的媽媽最先注意到這種改變。「親愛的，你在學校還好吧？」三月上旬一個早晨，尼克看似心情不太好，好像有點沮喪，讓她覺得很擔心。

「沒事，」尼克說：「一切都很好啊。」

「你跟朋友們，一切都好嗎？他們好久沒來家裡玩了。」

「媽，我是說真的啦。沒什麼好擔心的。現在是冬天嘛，大家都忙著打曲棍球和籃球，就是這樣啊。」尼克走進房間，「砰」的一聲關上房門。

葛蘭潔老師也注意到他的改變。這個聰明的小鬼曾經直視她的眼睛說：「可是我今天真的沒有帶 frindle 啊！」但那個淘氣男孩再也沒出現在她的課堂上。如今，每天來到班上的是比較安靜、謹慎的尼克・艾倫，他所有的功課都做得又快又好，要不是特別點名，他絕不主動講話，更不像以前那樣跟同學們嘻嘻哈哈、打打鬧鬧。這個學期再過一、兩個月就結束了，看起來她好像沒辦法幫上什麼忙。

學期末有一天，尼克突然想起葛蘭潔老師叫他在背面簽名的那封信，當時「frindle 事件」才剛剛展開。這場棋賽已然結束，所以他還滿期待葛蘭潔老師哪天會把信交給他。但是等到春天都過了，信還是無影無蹤，他心想，也許葛蘭潔老師早就忘了那封信。尼克深怕再度招惹是非，但卻壓不住內心對那封信的好奇。

很快就到了學期最後一天，尼克跑去敲敲葛蘭潔老師教室的門，她正在整理窗戶下方的書架，仔細把所有課本排列成一直線。她沒有轉過身子，只是喊了聲：「請進。」

尼克出聲說：「哈囉，葛蘭潔老師，您好。」

葛蘭潔老師直起身子，轉過來面對他。「喔，尼克，是你啊。特別來串門子嗎？很高興看到你喔。我本來也想找你聊一聊，既然你來了，我就省得在暑假還要專程寄信給你了。」

尼克暗自吸了一口氣，然後說：「我也是為了這件事來找您，就是關於那封信。」

葛蘭潔老師一下子會意不過來，過了一會兒才說：「喔！你是說那封信啊！」然後她停頓一下。「尼克，你一定還記得我跟你說過，如果我把那封信寄給你，就表示整件事已經完全落幕……可是還沒完哪。」

「還沒完？」尼克的頭歪向一邊，充滿困惑。他又問：「要到什麼時候才結束啊？」

葛蘭潔老師笑著對他說：「喔，尼克，請你相信我。等到這件事情完全落幕的時候，你自然就會知道了。現在我倒是想和你談談其他的事。」

她從教室另一邊走過來站定，距離尼克大約一公尺遠。這一年來，尼克長高了不少，兩個人的眼睛差不多可以平視了。尼克突然發現，葛蘭潔老師的眼神變得柔和許多，但依然像平常一樣炯炯有神。「最近幾個月來，我發現你變得比較安靜。尼克，我跟你說，你並沒有做錯什麼事。我知道今年發生了很多事，大家都議論紛紛，很多時候你一定覺得不太好受。不過呢，你的想法真的很棒，許多時候，我也對你的表現感到非常驕傲。」

尼克覺得很不好意思，可是葛蘭潔老師沒有停下來。「尼克啊，你這輩子會做出很多了不起的事情，我敢打包票你一定辦得到，雖然有些時候比較辛苦，但你千萬不要因此而氣餒。」

然後葛蘭潔老師跟尼克握握手，直視他的臉龐。她的雙眼變得好明亮，這是尼克從來沒有看過的。她又說：「尼克・艾倫，能夠教到你這個學生，我已經心滿意足。好啦，你該出去外面，好好過個充實的暑假。年輕人，你以後一定能闖出一番了不起的成就，我很期待。」

葛蘭潔老師目送尼克走出教室。但走到教室門口之前，他突然想起什麼，於是轉身說道：「葛蘭潔老師，真的很謝謝您。也祝您有個愉快的暑假。」然後他咧開嘴笑起來：「喔，對了，下學期別忘了多買一些新的 frindle！」

幸虧他跑來和葛蘭潔老師談一談，不但吃下一劑定心丸，可以好好過個暑假，他也恢復成原來的尼克了。他對於自己發明了一個新字感到非常得意。一想到這點子竟然能搞得滿城風雨，這會兒他也樂在其中了。因著那麼一個小小的字，他的五年級生活變成值得回憶的一年。

到了六年級快要開學時，他已經變回生龍活虎的尼克，這樣的他一直延續到國中、高中，乃至大學。

舉例來說，過了兩年後，鎮上所有的學生餐廳都有了重大的改變，現在每星期至少有四天供應著美味午餐——多虧有尼克這位「消費者」。為此，全州的督學還特別組團前來西田鎮考察一番。他們最想知道的是，這個小鎮如此地迷你，為何能夠辦出全州最成功的營養午餐呢？

等到尼克升上高中，哇，他的諸多英勇事蹟輪番上演。不過要是舉太多例子，故事的結局恐怕會拖太長。

為什麼這樣說呢？因為，這個發生在尼克五年級時的英勇故事，要一直等到十年後，才會有結局呢。

那麼在這十年間，尼克的新字有什麼新發展？其實沒什麼怪事，也沒什麼刺激的。總之，一個字如果不是一直有人使用，就是沒人使用，如此而已。至於「frindle」則是使用率越來越高，逐漸成為一個真正的字。

15 優勝者是……

轉眼間十年過去了，尼克・艾倫已經是個大三學生。在他讀大三這一年的十一月，尼克身邊發生兩件重要的事。

首先，尼克今年已經二十一歲，從今以後他就可以自由運用爸爸所設立的「frindle信託基金」。

尼克一下子變成大富翁，應該說是超級大富翁，富有的程度連他自己也無從想像。

尼克很想從基金中拿一些錢回饋給爸媽，不過他們說不需要，也不會接受。可是尼克提醒爸媽，他們不是一直很想去旅行嗎？乾脆把這筆錢當作一份超級生日大禮之類的。於是爸媽就接受了他的好意。

除此之外，尼克也想拿一些錢給他哥哥傑姆，不過傑姆說他不需要，也不會接受。可是尼克提醒傑姆，他那個兩歲大的女兒總有一天會長大，以後也要上大學，除此之外，以前傑姆不是曾把他珍藏的整套棒球卡送給尼克嗎？於是傑姆就接受了他的禮物。

把這些禮物搞定之後，尼克出去逛逛，幫自己買了一台速度超快的電腦，還買了大約十種新的遊戲軟體，外加一輛登山腳踏車。然後，他盡可能忘掉自己擁有那麼多錢，這還真是有點困難。不過他適應得很不錯，而且和以前一樣拼命念書，希望能好好完成大學學業。

至於第二件重要的事是什麼呢？原來是這樣的，有一天，尼克住的公寓門口送來一件包裹，那包裹非常巨大，重得不得了。而且居然是葛蘭潔老師寄來的。

包裹裡面總共有三件東西：第一件是一本全新改版的第八版《韋氏大學字典》；第二件則是一張手寫短箋，貼在字典的封皮上；第三件是一個厚厚的白色信封。尼克連忙把白色信封翻過來，果然看到一個名字，正是他自己的簽名。當年九月一個放學後的下午，尼克在葛蘭潔老師的辦公室裡簽下了那個名字。那已經是十年前的往事。

尼克先把信封放下來，轉而看看字典，他輕輕把貼在封皮上的短箋撕下來。

親愛的尼克：

請翻到這本書的第五百四十一頁。

尼克拿起字典，翻到五百四十一頁。他好緊張，心臟怦怦跳個不停。那一頁有「Friml」（富林，美國輕歌劇作曲家）和「fringe」（流蘇、邊界）。就在此時，尼克在這兩個字之間看到另一個字，他大聲唸出來：

frin•dle [frin'dl]：名詞。一種用來書寫或標示重點的工具（隨意創造出的新字，原創者是尼克•艾倫，美國人，1987-〔參見pen〕）。

尼克再回頭看看葛蘭潔老師寫的短箋。

這是剛出版的字典，我也推薦學生做家庭作業時可以參考這一本。現在，我如果要告訴學生「新字究竟是怎麼加到字典裡」，都會請每位學生查一查「frindle」這個字。

喔，當然啦，我以前曾經答應你，等我們那場小小的文字戰爭終於結束時，我就會把那封信寄給你。

而現在，那場戰爭告一段落了。

你的老師　羅蕾萊・葛蘭潔

尼克感到一陣天旋地轉。他強忍顫抖的雙手，慢慢打開那個厚厚的白色信封。他抽出那封已有十年歷史的信，開始閱讀：

優勝者是……

親愛的尼克：

如果你正在閱讀這封信，那就表示「frindle」這個字已經加入字典裡了。恭喜你！

一個人總是可以看著太陽升起，但卻無法使太陽慢下來、或停止不動，甚至倒退走。面對你發明的字，我的心情和態度就是這樣。

剛開始我很生氣，這個我承認。看到你們把「pen」這個字丟到一旁，好像一點用都沒有，我覺得很不高興。但是轉念一想，如果拉丁文的「羽毛」一字曾經是「frindilus」而不是「pinna」，那麼你也有可能會發明出「pen」這個新字來取代「frindle」啊。正如同太陽一定會升起，有些事情是無可避免的，我們只能站在一旁靜觀其變。

「frindle」存在的時間還不到三個星期，而此刻我懂了，對於一名教師來說，這絕對是個夢寐以求的好機會。你眼前有個才華洋溢的年輕人，他在死氣沉沉的教室裡受到了啟發，「叮咚」一聲把它轉變成自己的點子，然後在生活裡付諸實行。坦白說，能夠看著這件事不斷演變，我實在太興奮了，而且我不應該干涉太多，只要靜觀其變即可。

但不知怎麼的，我似乎該在這場戲裡扮演一個小角色才行，於是我選擇演個大反派。故事若要精采，大壞蛋是絕對少不了的，你說對吧？

所以，有一天我要請求你的原諒時，我真心希望你能接受。

尼克，我知道你很喜歡思考。那麼請你思考一下：在我剛開始教書時，人類還沒有登陸月球，也還沒有太空梭、沒有美國有線電視網CNN、沒有氣象衛星。那時候連錄影機都沒有，更別說光碟和電腦了。

我們的世界不停改變，轉變的方式千百萬種，多得不得了。正因如此，我總是告訴學生，任何事物的存在都有其道理。

雖然有許多事情慢慢變得不合時宜，但這麼多年來，「文字」始終非常重要。每個人都需要用到文字，我們用文字來思考、書寫、作夢、盼望和祈禱，這正是我熱愛字典的原因。字典絕對會繼續流傳下去，永遠扮演重要功能。而且你現在知道了，字典也會不斷改變、不斷成長。

再次恭喜你。隨函並附上一個小禮物送給你。

你的摯友　葛蘭潔老師

尼克回憶起葛蘭潔老師的雙眼，她的眼神總是很特別。現在他終於理解那種眼神所代表的意義了。真是奸詐的老狐狸啊！她根本從頭到尾都很支持「frindle」嘛，看似不斷打壓，其實在暗中助它一臂之力。

白色信封裡面有個扁扁的長方形盒子，很像買手錶會看到的那種盒子。尼克把它拿出來，打開盒蓋。裡面有個東西，尼克已經整整十年沒有看過了。那是葛蘭潔老師最喜愛的筆，是一枝略顯陳舊的鋼筆，筆身是暗紫紅色的，搭配著藍色筆蓋。筆蓋的夾子夾了一張摺得小小的紙，顯然是另一張短箋，非常非常短。上面只寫了：

「frindle」。

大約過了一個月後，有件事發生在西田鎮的老舊社區裡，那裡是個巨樹擎天、小屋林立的地方。耶誕節早晨，葛蘭潔老師家的門鈴倏然響起，她打開大門，但門外連個人影也沒有。

不過有人在紗門內留下一個包裹，是個小箱子，外面裹著綠色包裝紙，還繫了紅色蝴蝶結，另外側邊有個白色信封。葛蘭潔老師一邊笑著，一邊彎腰拿起包裹。

拿起包裹時，她注意到門邊的信箱露出一封紅、白、藍色相間的快遞郵件，應該是前一晚耶誕夜很晚才送到的。她打開紗門，從信箱裡拉出信封，然後趕緊關上兩扇門，哆嗦著身子走進屋裡。

葛蘭潔老師走到客廳，坐在沙發上。這個快遞信封是從「西田鎮教育事務辦公室」寄來的，看起來好像很重要，於是葛蘭潔老師立刻拆開來看。

這封信是督學寄來的，是一封道賀信。內容說他們接獲一筆百萬美元的捐款，指定要成立一個永久性的信託基金，提供學生就讀大學的獎學金。信中說明捐款者是「您以前教過的學生」。

這筆基金將命名為「葛蘭潔老師獎學金」。

葛蘭潔老師覺得這一定搞錯了，她很肯定。不然就是惡作劇。一百萬美元？這根本說不通嘛！她急著想拿起電話打給督學，立刻把這件事弄個水落石出。

不過這天可是耶誕節，就算那位督學也曾是她教過的小蘿蔔頭，葛蘭潔老師還是決定暫且擱下，等明天再說。反正也不急。

話說回來，另外那個包裹好端端躺在她身旁的沙發上，紅色的蝴蝶結彷彿不斷喊著「拆開我！拆開我！」，等得有點不耐煩了。葛蘭潔老師先打開側邊的信封。

裡頭有一張耶誕卡片，還附上一張寫得歪七扭八的紙片，很顯然是五年級小男生的傑作。

親愛的葛蘭潔老師：

你的我最喜歡的老師之一。

我狠希望你能收下這個東西。

你的學生敬上

葛蘭潔老師瞪著信中的錯字，忍不住邊笑邊搖頭。那些小孩子老是這樣，年復一年都沒變。她教書已經教了四十五年，今年六月準備退休了。仔細想想，好像沒有哪一年的耶誕節沒有收到學生送來的禮物。

葛蘭潔老師拉開紅色絲帶，撕開包裝紙，把裡面的箱子打開來。她本以為會看到用棉線和冰棒棍子做成的東西，或者捲捲的通心麵用膠水黏成一大團。

然而都不是。她看到一個長方形的盒子，盒子表面是藍色的天鵝絨。她打開盒子，裡面躺著一枝美麗的金色鋼筆。她拿起筆，手裡傳來金屬的冰涼感，而且沉甸甸的。沿著亮晶晶的筆身似乎刻了一些字，葛蘭潔老師移動到沙發的另一頭，點亮閱讀燈，終於清楚看見那三行細小的字：

此物屬於葛蘭潔老師
此物之名全憑她決定
——敬愛您的尼克·艾倫

【後記】
給讀者的一封信

親愛的讀者朋友們：

看著《我們叫它粉靈豆—Frindle》的故事，有如看著我自己的小孩成長茁壯。彷彿還是剛出生的美妙時刻，接著「唰」的一瞬間，我都還沒意識到，一家人就在慶祝十歲生日了。

《我們叫它粉靈豆—Frindle》給我的感覺就像這樣。那情景彷如昨天才發生，這本書的編輯羅莉打電話給我，說他們已經接受我寫的手稿，決定要出版了。時至今日，好像才只是一眨眼之間，我的第一部小說已經比今年讀這本書的許多小讀者還老了。

此時此刻向大家道謝，看來真是再適合不過了。

我要謝謝各位老師，謝謝你們與那麼多的學生一起分享這本書。每一年我都會收到孩子們寫來的信，他們說：「我的老師看到《我們叫它粉靈豆—Frindle》的結局，你知道她怎麼了嗎？她哭了！就在課堂上呢！」讀到這本書的結局，如果你也不禁淚眼迷濛，那麼我很想讓你知道，像你這樣的人絕對不在少數，也包括我自己在內。我還收到幾十位老師寫信來告訴我，如果沒有在課堂上大聲唸完這本書，那個學年就好像少了些什麼。身為作家，你很難聽到比這更棒的讚美了。

我要謝謝各位圖書館員，謝謝你們決定將這本書納入館藏，並將它選入各個美國兒童閱讀計劃內，這本書才能榮獲諸多提名與獎項。過去十年來，我曾經訪問了數百所學校。有一位圖書館的資訊專家不時告訴我：「我好想請你為本校圖書館收藏的每一本《我們叫它粉靈豆—Frindle》簽名留念，可是所有的書都被借出去了。」身為作家，你還能聽到比這更棒的消息嗎？

我要謝謝各位家長，謝謝你們把《我們叫它粉靈豆—Frindle》和我寫的那麼多本書都納入家庭藏書之列。很多人曾經寫信告訴我，他們如何在醫院病房裡閱讀這本書，為家人團聚的場合增添了歡笑與暖意。也有人告訴我，這本書如何讓不愛看書的人轉而為書瘋狂，這種說法我聽了不下一百次呢。爸爸媽媽如果多花一點時間親子共讀，才能使書本的生命長久延續，這遠比任何政府機構舉辦的閱讀計劃有用得多了。

再來只剩下孩子們還沒好好感謝了。其實我知道，把孩子們放在最後才感謝未免有點不智。由於這封信已經寫了太長，也很可能太過無聊，或許有些讀者早就不想再看下去了，但我希望不致如此。我常常一個人坐在家中後院的小屋裡，一邊埋首寫作下一本書，一邊想像孩子們正在閱讀我寫的書，我很想讓你們知道那對我來說有多好玩！我自己心知肚明，如果沒能逗你們發笑或進一步思考，我就算是失敗了。

當然，你的老師或圖書館員或父母大可將書本塞到你手裡，他們可以逼你坐下來好好讀一本書，甚至可以把你鎖進教室、視聽教室或你房間裡，那裡面沒有電視、沒有 iPod、沒有電話、沒有電腦也沒有網路，唯獨留下一本像《我們叫它粉靈豆—Frindle》之類的書與你作伴。然而除非孩子們真心喜歡，甚至跑去跟所有朋友大肆推薦，否則這本書根本不可能迎接十歲生日，更別提至今總共銷售了兩百多萬冊，而這還只是美國一地的銷售量而已。事實上，有

「Frindle小孩」的家庭早已遍及全世界，各種翻譯版本分別在義大利、德國、日本、波蘭、匈牙利、韓國、西班牙、巴斯克、葡萄牙、泰國和英國陸續出版。

總之，再次感謝。而我也希望，再過個十年，我還能像現在這樣寫封短信給各位讀者。

敬祝各位事事圓滿順利。

安德魯・克萊門斯

二〇〇六年四月

安德魯．克萊門斯❶

我們叫它粉靈豆

Frindle

文／安德魯．克萊門斯　譯／王心瑩　圖／唐唐

執行編輯／林孜懃　特約編輯／吳梅瑛
內頁設計／丘銳致　出版一部總編輯暨總監／王明雪

發行人／王榮文
出版發行／遠流出版事業股份有限公司　104005 臺北市中山北路一段11號13樓
電話：(02)2571-0297　傳真：(02)2571-0197　郵撥：0189456-1
著作權顧問／蕭雄淋律師
輸出印刷／中原造像股份有限公司
□2008年6月1日　初版一刷　　□2023年8月10日　四版二刷

定價／新臺幣280元（缺頁或破損的書，請寄回更換）

ISBN 978-626-361-030-9
遠流博識網　http://www.ylib.com　E-mail:ylib@ylib.com

國家圖書館出版品預行編目資料

我們叫它粉靈豆：Frindle ／安德魯 · 克萊門斯（Andrew Clements）文；王心瑩 譯． -- 四版． -- 臺北市：遠流出版事業股份有限公司，2023.04
面；　公分． --（安德魯 · 克萊門斯：1）
譯自：Frindle
ISBN 978-626-361-030-9（平裝）

874.59　　112002448